O homem perfeito

Vanessa Bosso

O homem perfeito

O meu deve estar em algum lugar

Novas Páginas

Esta é uma obra de ficção. Nomes, personagens, lugares e acontecimentos descritos são produto da imaginação do autor. Qualquer semelhança com nomes, datas e acontecimentos reais é mera coincidência.

1ª Impressão — 2014

Produção editorial:
Equipe Novo Conceito
Impressão e Acabamento Imprensa da Fé 050914

Este livro segue as regras da Nova Ortografia da Língua Portuguesa.

Dados Internacionais de Catalogação na Publicação (CIP)
(Câmara Brasileira do Livro, SP, Brasil)

Bosso, Vanessa
O homem perfeito / Vanessa Bosso. -- Ribeirão Preto, SP: Novo Conceito Editora, 2014.

ISBN 978-85-8163-573-6
1. Ficção brasileira I. Título.

14-07810 CDD-869.93

Índices para catálogo sistemático:
1. Ficção : Literatura brasileira 869.93

Novas Páginas

Rua Dr. Hugo Fortes, 1885 — Parque Industrial Lagoinha
14095-260 — Ribeirão Preto — SP
www.grupoeditorialnovoconceito.com.br

Dedico este livro a todos aqueles que não desistem da busca.
À minha filha, meu bem mais precioso.
À minha família, pelo apoio incondicional.
Aos meus amigos, pela torcida.
Ao universo, por me proporcionar tamanha realização.
E ao meu Homem Perfeito.

Que você encontre a perfeição diante das imperfeições.

me cobrir de beijos

Inteligente, divertido, carismático

rosto angelical

olhos claros

Me achará linda de qualquer maneira

Juntos seremos um só, para sempre.

precisa ser lindo

Ser bem-sucedido

romântico ao extremo

Ele só pensará em mim

Capítulo 1

— Vou virar lésbica.

— Como é????

Não vejo alternativas para mim. Meus relacionamentos são sempre recheados de caos, incertezas e o pior: traições. Por que sempre atraio tipos assim para minha vida? É carma, sina, macumba... é trabalho feito, só pode ser!

Nauane, minha melhor amiga, bate com o copo na mesa e me encara, efusiva. Sei que ela gritará verdades na minha cara e não estou a fim de sermões hoje. Ajeita a franja castanha para o lado e estreita os olhos, mirando-me bem lá no fundo.

— Nem vem, não quero ouvir. – Balanço as mãos, defendendo-me de sua fúria sábia.

— Caramba, Mel. Se você me escutasse, não se meteria com tipos como o Roger. O babaca é um pegador, um galinha filho da mãe, e, ainda assim, você assumiu o risco. Para piorar a situação, deu-lhe um chute no saco e quebrou o nariz do cara no meio de uma reunião importante para a agência. Perdemos o cliente e você, a compostura e o emprego. – Ela para e respira antes de arrematar: – Porra, você tem merda na cabeça?

— Nanie, não me crucifique. – Jogo a cabeça para trás, entregando os pontos. – Você tem razão em tudo e eu a odeio por isso.

— Claro que me odeia, sou sua amiga e digo as verdades na sua cara!

— Droga, Nanie, o que farei da minha vida agora? – Encolho os ombros, batendo com a testa na mesa do Starbucks. – Como pude ser tão burra?

Burrice ao quadrado é minha marca registrada desde os doze anos de idade. Esse traço marcante da minha personalidade estourada e um tanto desequilibrada já me meteu em altas confusões. Algumas até bem sérias, que acabaram por ferir a minha alma.

O que eu tinha na cabeça para acertar o Roger daquela maneira ao final da reunião? Nem sei se realmente estou apaixonada pelo cara! Agi de forma intempestiva, sem pesar as consequências. E agora pagarei em dobro por tamanha estupidez.

— Aproveite a demissão por justa causa e tire umas férias. Vá visitar o seu velho, passe um tempo com seus avós. Fará bem a você. – Nauane se desarma e toma minhas mãos entre as suas. – Melina, enquanto você respirar, sempre haverá uma saída.

— Belas palavras. – Deixo um sorriso lacônico escapar. – Sei lá, acho que Deus desistiu de mim. Não tenho salvação, Nanie.

— Ah, cale a boca, também não precisa ser tão dramática. – Nanie recosta na cadeira e suspira alto. – A indenização vai acabar com suas economias também, já pensou no que vai fazer?

— Que saco. – Chacoalho a cabeça, descrente. – Nenhuma agência de São Paulo receberá meu currículo depois do que aprontei. Cavei minha própria sepultura e me atirei de cabeça.

— Nada que o tempo não resolva.

— Talvez eu deva mesmo ir para Paraty – digo, resoluta. – Ajudar os velhos na pousada, chorar no colo do meu pai, curtir uma solidão à beira-mar... não será de todo mal. Mas é melhor eu deixar meu revólver por aqui, ou atirarei nas têmporas na primeira oportunidade.

— Melodrama barato esse. – Nanie revira os olhos, no maior tédio. – Sabe que pode sempre contar comigo, não sabe? – ela enfatiza.

— Obrigada, Nanie. É muito bom ter você na minha falida vida.

me cobrir de beijos

Inteligente, divertido, carismático

rosto angelical

olhos claros

Me achará linda de qualquer maneira

Juntos seremos um só, para sempre.

precisa ser lindo

Capítulo 2

Ser bem-sucedido

romântico ao extremo

Ele só pensará em mim

Highway to hell rola nas alturas enquanto afundo o pé em Lúcifer, meu jipe Troller pra lá de incrementado. Aos prantos, minha voz atinge as alturas, acompanhando com a cabeça as batidas da bateria e os acordes de Angus e Malcolm Young.

As unhas cor de ameixa arranham o volante de plumas avermelhadas quando relembro o que se passou e para onde estou indo. Faltam sessenta quilômetros para o meu destino.

Quando as coisas não saem como deveriam, fujo para o colo do meu pai. Ele sempre sabe o que fazer, mesmo que a coisa esteja preta para o meu lado. Estou no fundo do poço, e só ele poderá me salvar.

Ouço a sirene e olho pelo retrovisor. Mas que merda! Meus olhos correm até o velocímetro e xingo alto, esmurrando o volante com o punho fechado. Mil vezes merda!

Meu pé desacelera e dou seta para a direita. Bufo alto antes de desligar o som e o motor do carro. Não tiro o cinto de segurança, mas já me preparo para o que virá. Abro a janela lateral e aguardo a aproximação do policial rodoviário.

— Documentos. – A voz grave e altiva me faz gelar.

— Um minuto. – Abro a bolsa e saco os documentos lá de dentro. Por sorte está tudo em dia, como meu velho ensinou.

Estendo a carteira com todos os documentos relevantes. Através do meu Ray-Ban zerado, noto que esse é o típico policial metido a besta, com "oclinhos Police" e cara de malvado.

— Seu velocímetro está com problemas? – ele indaga, num tom arrogante.

— Acho que não – sou curta na resposta.

— Estava quarenta por cento acima da velocidade máxima permitida. – Ele checa a documentação. – Para onde está indo?

— Paraty.

— Talvez não chegue lá inteira se mantiver essa velocidade. – Ele baixa os óculos para me encarar. – Pode sair do carro, por favor?

— Claro. – Respiro fundo, inconformada, antes de desatar o cinto de segurança. – Eu realmente não percebi que estava correndo tanto.

— Nenhum motorista pé de chumbo percebe. – O policial franze os lábios e engulo em seco. – O que são essas caixas? Você tem a nota fiscal desses produtos?

As caixas a que ele se refere são da minha megacoleção de sapatos. Duzentos e oitenta e dois pares no total. Gosto de mantê-los em suas caixas originais, onde faço uma janelinha e nomeio um por um. Não sou louca, apenas gosto de sapatos.

— Não são produtos, são sapatos. Estou de mudança para Paraty e esses são meus móveis. – Reviro os olhos quando o policial arqueia as sobrancelhas, incerto.

— Tudo isso são sapatos? Para uso pessoal? – Ele bate com a caneta Bic na boca, mirando-me.

— Algum problema com isso? – Há certa irritação no meu tom e o policial percebe.

— Abra o porta-malas e essas caixas. Farei uma averiguação mais detalhada.

Como assim uma averiguação mais detalhada? Esse policial está de sacanagem comigo, só pode.

— Está de brincadeira, não é? – Levo as mãos aos quadris. – Olhe, seu policial, eu tive uma semana do cão. Perdi meu namorado, meu emprego, minhas economias, o chão onde pisava... Eu perdi tudo, menos meus duzentos e oitenta e dois pares de sapato. E, claro, não perdi o Lúcifer aqui. – Bato com uma das mãos na lataria do carro. – Por favor, dê logo essa multa e me deixe seguir viagem. Tenho litros de lágrimas para chorar no colo do meu velho pai.

Assumo uma postura ereta e tombo a cabeça de lado, aguardando a reação do homem da lei. E a resposta vem, totalmente inesperada.

— Siga-me até o posto policial mais à frente. Não só vai ganhar uma multa como vai passar horas aguardando que uma minuciosa averiguação seja feita nesse tal de Lúcifer. – Ele chega mais perto e sinto o bafo de café nas fuças. – Mocinha, se não quiser se encrencar ainda mais, sugiro ficar de boca fechada.

Mas que merda!

Ser bem-sucedido

me cobrir de beijos

rosto angelical

carismático

olhos claros

Me achará linda de qualquer maneira

Ser bem-sucedido

eremos um só, para sempre.

precisa ser lindo

Ele só pensará em mim

romântico ao extrem

ntico ao extremo

brir de beijos

rosto angelical

Juntos seremos um só, para semp

olhos claros

Me achará linda de qualquer maneira

empre.

precisa ser lindo

Ele só pensará em mim

Inteligente, divertido, carismático

me cobrir de beijos

Inteligente, divertido, carismático

rosto angelical

olhos claros

Me achará linda de qualquer maneira

Juntos seremos um só, para sempre.

precisa ser lindo

Capítulo 3

Ser bem-sucedido

romântico ao extremo

Ele só pensará em mim

Três horas depois...

— Aqui está a multa e uma advertência. Só não vou apreender a sua carteira porque estou com pena de você, Melina.

Fiquei amiga do policial rodoviário Pacheco após três horas de averiguação sob o sol escaldante. Contei a ele e seus colegas todos os meus infortúnios, desde aquela última apresentação na agência.

A princípio, houve certa comoção entre os homens da lei, que ficaram chocados com a forma como tratei do assunto traição. Mas isso foi só no início da narrativa, afinal, tão logo cheguei ao âmago da história, aqueles fardados começaram a me dar tapinhas nas costas e recebi vários incentivos para nunca mais me deixar enganar.

— Até que ficar presa neste posto policial não foi tão ruim, Pacheco. Estou mais calma, prometo não pisar tão fundo no acelerador do Lúcifer – digo, jogando a bolsa por sobre o ombro, pronta para voltar à estrada.

— Mude o nome desse carro, não atrai boas vibrações.

— Você é do tipo místico? – Um sorriso me escapa pelos cantos da boca.

— Olhe, vou dar um conselho...

— É de graça? Porque, como eu disse, estou sem um puto. O Roger fez o favor de me ferrar.

O policial tira os óculos do rosto, guardando-o no bolso frontal do uniforme. Aproxima-se com a cabeça baixa e ergue as sobrancelhas na minha direção. Seus olhos cor de amêndoa me atravessam, e sinto que lá vem uma lição de moral daquelas.

— O que é seu está guardado e virá no tempo certo, independentemente da velocidade com que você corra. A ansiedade é uma distração inútil, digo isso com propriedade. Desacelere. Acredite em um poder superior. Não estamos sozinhos, alguém olha por nós.

— Isso é papo de espírita. Ou crente. Ah, você é evangélico, Pacheco? – Quando quero me defender, faço isso. Tiro sarro, na maior cara dura.

— Gostei de conhecer você. – Ele apenas sorri, recolocando os óculos de sol. – Deixe o que passou para trás. Encare sua chegada em Paraty como um recomeço, uma nova chance. Será legal, você vai ver.

— Valeu mesmo, Pacheco. E desculpe as piadinhas. – Sinto-me mal de repente.

— E, Melina – ele balança o indicador na altura do meu nariz –, se eu parar você novamente por excesso de velocidade, apreendo a carteira e o tal de Lúcifer, compreendido? Já passei um rádio para todos os postos policiais até Paraty e eles ficarão de olho em você.

— Beleza, Pacheco. – Estendo a mão. – Foi legal conhecer você; pensei que todos os policiais fossem malas sem alça.

Pacheco dá uma gargalhada e retribui o cumprimento. Não saberia dizer a idade dele, mas, pelos cabelos grisalhos, chutaria uns quarenta e cinco anos.

— Até mais, garota.

De volta à estrada.

Mantenho Lúcifer sob rédea curta, não permitindo que o velocímetro ultrapasse os cento e dez. Não é nada fácil, só para constar.

Meus olhos se revezam entre a estrada e o retrovisor, mas minha mente viaja a centenas de milhas daqui. Penso nas palavras do policial Pacheco e também da minha melhor amiga, Nauane. É impressionante, mas, sempre que preciso escutar umas verdades, elas surgem dos lugares mais inusitados e de pessoas por vezes inesperadas.

Talvez Pacheco tenha razão quando diz que alguém olha por nós. Bem, no meu caso, esse alguém parece ser cego.

Só mais vinte quilômetros e estarei em casa. Meu estômago se remexe feliz quando penso na comidinha caseira da pousada e nos bolinhos de chuva do café da manhã.

Meus lábios sorriem instintivamente quando imagino os milhões de beijos e abraços que darei nos meus avós. Faz dois anos que não venho a Paraty; são eles que costumam me visitar.

Meus olhos se umedecem quando penso no meu pai. Faz seis meses que não nos vemos fisicamente. Ele tem trabalhado muito, assim como eu. Nossas conversas acontecem nos finais de semana, pelo Skype. Por mais que eu o veja do outro lado do monitor, não é a mesma coisa. Preciso de contato físico. Aliás, estou precisando mesmo é de um abraço bem apertado, daqueles de estalar todos os ossos. E só o meu pai é capaz desse feito.

Ser bem-sucedido

me cobrir de beijos

rosto angelical

carismático

olhos claros

Me achará linda de qualquer maneira

Ser bem-sucedido

eremos um só, para sempre.

precisa ser lindo

Ele só pensará em mim

ntico ao extremo

romântico ao extrem

brir de beijos

rosto angelical

Juntos seremos um só, para semp

olhos claros

Me achará linda de qualquer maneira

empre.

precisa ser lindo

Ele só pensará em mim

Inteligente, divertido, carismático

me cobrir de beijos

Inteligente, divertido, carismático

olhos claros

rosto angelical

Juntos seremos um só, para sempre.

Me achará linda de qualquer maneira

precisa ser lindo

Capítulo 4

Ser bem-sucedido

romântico ao extremo

Ele só pensará em mim

São três da tarde.

Antes de seguir para Paraty, resolvo fazer um desvio de última hora. Giro o volante e entro na péssima estradinha que me levará até Trindade, um dos meus lugares preferidos no mundo.

O Troller vermelho adere bem ao terreno, ainda assim sou jogada para cima e para baixo no banco conforme desço a estrada esburacada a caminho da praia. Abro a janela e desligo o ar-condicionado. Respiro fundo, e o cheiro de maresia me remete a tempos passados, num saudosismo intermitente.

O peito se enche novamente e fecho os olhos por dois segundos, talvez menos. Sinto-me abraçada pela atmosfera, pela natureza que me rodeia. Como é bom estar em casa.

Paro Lúcifer sob as areias da praia. Recosto a cabeça e mordo o lábio para segurar o riso, enquanto rememoro uma das cenas mais hilárias que já protagonizei: meu primeiro beijo.

Foi nessa praia, num luau desses que deveriam constar dos livros de história da cidade. O beijo foi estranho, úmido e engraçado. Eu tinha quatorze anos e o garoto, quinze. Nenhum de nós tinha beijado antes, e é bem provável que, por esse motivo, as coisas não tenham saído como deveriam. Ou talvez a culpa tenha sido minha.

Eu estava dando uma de difícil, mas na verdade louca para beijá-lo. Ele tinha aquela cara de nerd, usava óculos de grau ao estilo John Lennon e sua timidez me deixava mais a fim ainda.

Enquanto a galera se matava de dançar na pista improvisada na areia, ele tomou uma das minhas mãos, numa confiança que eu nunca tinha notado antes. Sob a luz do luar e da iluminação bruxuleante dos candelabros, ele me puxou para a beira do mar, bem longe dos olhares curiosos.

Confesso que estava tensa. Eu já tinha anos de treinamento básico com o dorso da mão. Mas ele não era a minha mão, afinal tinha lábios e uma língua. Só de pensar nisso, senti um frio congelante na espinha.

Ele era uns dez centímetros mais alto do que eu. Comecei a divagar sobre as possibilidades: ele se abaixaria na minha direção ou eu deveria ficar na ponta dos pés? Não sei por que pensava nisso, mas na época me pareceu importante.

Descalça, senti a água morna se aconchegar. Observava um navio lá no horizonte, as cabines ainda acesas. Meus cabelos esvoaçavam com a leve brisa e o cheiro do mar me entorpecia.

Ele tomaria a iniciativa ou eu deveria agarrá-lo? Remoí aquela dúvida por pouco tempo. Suas mãos rasgaram o ar e tomaram meu rosto em chamas. Seu olhar era fixo, tão profundo que não consegui me segurar. Eu desatei a rir, desenfreadamente.

Acho que o constrangi, não sei dizer. Ele mordeu o lábio e ficou me encarando, com uma baita interrogação no semblante. Eu juro que tentei, mas a risada nervosa me dominou, sem parar. Se fosse qualquer outro cara, teria virado as costas e se mandado. Bem, ele até fez isso mais tarde, e eu entendo perfeitamente.

Descontrolada, afundei meu rosto em seu peito franzino. Seus dedos se enroscaram em meus cabelos e acho que ele bufou, talvez inconformado com minha atitude. O riso estava frouxo, ainda assim contive o acesso por tempo suficiente para ouvir o que ele disse a seguir:

— Mel, você está me zoando? Tirando uma com a minha cara?

— Não! É claro que não. – Estava envergonhada demais para mirar seus olhos esverdeados. – Escute, vamos tentar novamente?

— Acabou o clima, Melina.

— Por favor? – Então, fiz uso da mais poderosa arma feminina: a sedução.

Na ponta dos pés, comecei a beijar o seu ombro, até chegar ao pescoço. Ele tombou a cabeça de lado e acho que arfou. Seus dedos, ainda enroscados em meus cabelos, escorregaram para as minhas costas. Senti seus lábios em minha testa, têmpora, bochecha e então se colaram em minha boca.

Uau!

O toque era macio, úmido, até gostoso. Eu sentia choques elétricos por toda a extensão da pele; havia uma conexão entre nós, algo surreal. Eu não sabia o que fazer com a droga da minha língua, portanto ela permaneceu dentro da boca. Mas, daí, algo muito esquisito aconteceu. A língua dele entreabriu meus lábios e entrou, sem pedir licença.

Puta merda, aí foi demais.

Um novo acesso de riso se instalou, e dessa vez não teria volta. Ele jogou as mãos para o céu, entregando os pontos. Pelo visto, eu não iria colaborar. Até tentei dissuadi-lo, dizendo entre engasgos que eu iria me controlar. Ele não acreditou, virou as costas e me deixou ali, rachando de tanto rir.

Apesar dos pesares, foi muito legal, uma lembrança que realmente vale a pena guardar. Para falar a verdade, estou sentindo um aperto no peito neste exato segundo. Essa lembrança sempre vem carregada de fortes emoções.

Saio do carro e o vestido floral esvoaça com a brisa. Meus cabelos dourados, na altura do queixo, também se espalham, livres como o vento. Inspiro e expiro por várias vezes, chegando a ficar zonza. Abro os braços e dou um grito: "Cheguei!". Sempre faço isso, e na maioria das vezes alguém grita de volta: "E daí?".

Bando de estraga-prazeres.

Ouço a voz de Nauane gritando dentro do Lúcifer. Ela fez essa gravação há séculos e, sempre que escuto, acabo rindo sozinha. A musiquinha que ela compôs é assim:

"Melina, atende logo essa bagaça por que sou eu. Alô, Melina, me atende logo. Atende logo esse celular, Melinaaaaaaaaaa!"

— Oi, Nanie.

— E aí, Mel? Chegou?

— Ainda não. Adivinhe onde estou.

— Se eu bem conheço você, deve ter feito um desvio básico a caminho de Trindade, acertei? E, como você é um tanto óbvia, sei que deve estar sentada sobre o capô do Lúcifer, contemplando o mar azul e relembrando os melhores momentos da sua vida, entre eles seu primeiro beijo para lá de cômico.

— Poxa, você deveria ganhar dinheiro com isso. – Sorrio sobre o capô do jipe, um tanto decepcionada por ser tão óbvia. – Fui parada por um policial no caminho, mas ele era gente boa e batemos um papo interessante.

— Foi multada? Se foi, prepare-se. Chegou uma multa hoje cedo para você por excesso de velocidade na Marginal Pinheiros. Com essa, você acaba de estourar os pontos da carteira de motorista.

— Nem isso vai tirar meu bom humor no momento. – Dou um soco em Lúcifer, só para aliviar a pressão. – Como estão as coisas por aí?

— Vou sentir a sua falta. A casa está tão vazia sem as suas caixas de sapato...

Dou uma gargalhada, engasgando. Nanie também ri do outro lado da linha, mas sei que está sofrendo com a minha mudança. Ela tinha sugerido umas férias, mas acabei optando por voltar a morar com o meu pai e ajudar meus avós a tocarem a pousada. Aliás, o sonho deles é que eu aprenda os macetes do negócio para herdar o hotel quando eles se forem. Gosto da ideia.

— Não acredito que estamos conversando pelo celular. Esse troço nunca dá sinal por aqui – digo, estreitando os olhos para observar melhor o horizonte.

— Estamos no Brasil, esse troço nunca dá sinal em lugar algum. Erga as mãos para o céu, você está vivendo um milagre dos grandes. – Nanie faz uma pausa curta. – Mel, se precisar de qualquer coisa, me ligue, está bem?

— Pode deixar. E, Nanie, peça suas férias vencidas naquela agência do capeta. Não aceite nada menos do que trinta dias; vamos nos divertir muito por aqui.

— Será a primeira coisa que farei na segunda-feira. Promete se cuidar?

— Prometo. Pique essa multa em mil pedaços e depois queime. Quem sabe os pontos na carteira sumam por magia.

— Pode deixar.

Dois quilômetros para a entrada de Paraty.

Esta é uma cidade colonial, preservada pelo Patrimônio Histórico Nacional devido ao conjunto arquitetônico de suas construções. Sempre que entro no Centro Histórico, sinto-me automaticamente levada a outras épocas, em que andar de salto alto era impraticável devido às pedras pés de moleque do calçamento. Bem, andar de salto continua sendo impossível para mortais desastradas como eu. Por sorte, tenho inúmeros sapatênis, sapatilhas e tênis confortáveis.

Paraty foi fundada em 1667 e teve grande influência econômica no Brasil, devido aos engenhos de cana-de-açúcar. A pinga produzida na região é incomparável até os dias de hoje. Adoro uma boa caipirinha com camarão à beira-mar. O que dizer? Gosto das boas coisas da vida.

A cidade é cercada pela Mata Atlântica e, com o passar dos anos, tornou-se um polo de turismo nacional e internacional. Nasci aqui há vinte e oito anos e sei por que deixei tudo para trás. Além da burrada máster que fiz há dez anos, minha mãe também contribuiu para essa decisão tresloucada, mas não estou a fim de falar sobre isso agora.

A pousada dos meus avós fica no Centro Histórico, e lá não é permitido o tráfego de automóveis. Por esse motivo, faço um desvio e sigo por uma rua lateral ao centro. Embico Lúcifer no estacionamento, que fica na parte de trás e desço do carro, abrindo a portinhola de madeira.

Não avisei ninguém sobre a minha mudança. Gosto de entradas triunfais e inesperadas. Só espero que minha avó não tenha um ataque do coração. Ela é do tipo emotiva e fica extremamente irritada quando não aviso que estou chegando. Coisa de gente mais velha.

Desligo o motor e preciso de algum tempo para me localizar. Faz dois anos que vim pela última vez, e só passei o final de semana. Estranhamente, parece fazer mais tempo. Estive tão comprometida com o meu trabalho e os meus relacionamentos destrutivos que, sei lá, acabei deixando minha vida familiar de lado. Estou me sentindo culpada, é isso.

Com um friozinho esquisito na barriga, sigo em direção à recepção da pousada. As palavras do policial Pacheco de repente ecoam em minha mente, como um presságio: "Encare sua chegada em Paraty como um recomeço, uma nova chance".

Ok, Pacheco, você tem toda a razão. Farei deste o primeiro dia do resto da minha vida.

me cobrir de beijos

Inteligente, divertido, carismático

rosto angelical

olhos claros

Me achará linda de qualquer maneira

Juntos seremos um só, para sempre.

precisa ser lindo

Ser bem-sucedido

romântico ao extremo

Ele só pensará em mim

Capítulo 5

Minha avó, com seus cabelos que mais se parecem navalhas de tanto laquê, não para de me beijar, apertar, beliscar. Ela chora e ri ao mesmo tempo. E também vocifera:

— Por que não ligou? Eu teria arrumado o seu quarto, feito bolo de cenoura e comprado aqueles camarões graúdos que você tanto gosta. Odeio quando chega sem avisar.

Não disse que a vovó é doida?

Meu avô se limita a um abraço longo, daqueles que não necessitam de palavras. Ele é o tipo de pessoa que dá vontade de apertar as bochechas só por existir. Emana uma calma tão sublime que, ao seu lado, sinto-me flutuar.

— Avisou ao seu pai que viria? – Vovô vinca a testa.

— Não.

— Melina, o que houve? – Ele deve ter algum poder sobrenatural. Sempre sabe quando estou em apuros.

— Podemos falar sobre isso mais tarde, vô? Não almocei e estou varada de fome.

— Como assim não almoçou? – Estridente, vovó sacode meus ombros. – Melina, já são quase cinco da tarde, não pode ficar tantas horas sem comer. Venha, vou preparar algo para você.

A Pousada das Margaridas é um lugar bucólico e acolhedor. Foi fundada em 1970 e a decoração mudou muito pouco desde então. Apesar disso, não é um local com cara de velharia. Está mais para um estilo vintage: rústico, chique e atual.

As trinta suítes são disputadas a tapa nos períodos de alta temporada. Muitos nomes de peso já passaram por aqui, inclusive estrangeiros. E eles sempre voltam; o magnetismo deste lugar é latente.

A construção, em estilo colonial, foi totalmente restaurada assim que meu avô colocou as mãos na escritura do imóvel. Poucas foram as alterações na estrutura original, e meu pai conta que uma pequena fortuna foi investida para que a Pousada das Margaridas se tornasse um dos pontos turísticos de Paraty.

Um dos lugares de que mais gosto é o pátio central, ladeado por jardins de margaridas, duas piscinas e um gazebo incrível, coberto por copas de árvores centenárias. É nesse pedaço de paraíso que é servido o melhor café da manhã colonial do estado do Rio de Janeiro.

Ainda no complexo funciona um restaurante típico, comandado pelo Chef Espírito, um amigo de longa data. O apelido surgiu quando ainda éramos crianças e tem um motivo: Espírito é albino, e a alcunha pegou tão logo a inventei. Marcos Paulo é o nome dele, mas acho que nem mesmo a mãe do Espírito se lembra do seu nome de batismo.

Na parte de trás da pousada, seguindo pelo estacionamento, dois sobrados foram erguidos: a casa dos meus avós e a casa do meu pai, uma ao lado da outra. O que as separa é um suntuoso jardim de flores multicoloridas, circundado por um aroma que me remete à infância de imediato.

É bem no centro desse jardim que estou agora, embalando-me para a frente e para trás, num balanço de madeira construído pelo meu avô assim que dei os primeiros passos. A corrente range baixinho, e sinto cheiro de verniz novo no ar.

Jogo a cabeça para trás e fecho os olhos, capturando os sons dos pássaros e inebriando-me com o cheiro que se desprende das flores ao redor. Os pés se arrastam no cascalho branco enquanto meus cabelos vêm e vão pelo rosto, acompanhando o movimento do corpo.

— Melina, algo me diz que você veio para ficar. – A voz do meu avô chega mansa e rouca aos meus ouvidos. – E não estou dizendo isso só pelos milhões de sapatos que lotam o seu carro. – Ele limpa a garganta e solta a pergunta: – O que aconteceu em São Paulo?

Paro de me balançar e miro meu avô. Através das lentes de seus óculos, noto olhos azulados interrogativos, aliás, uma herança genética pela qual agradeço todas as manhãs. Nossos olhos são idênticos, com rajadas esverdeadas e douradas.

Respiro fundo e me preparo psicologicamente para a conversa. Sei que meu avô não arredará o pé daqui enquanto eu não desembuchar o que tanto me atormenta.

— Eu não sei qual é o meu problema, vô. Não gosto de me meter em encrencas, mas é impressionante: elas vivem se metendo comigo.

— Tem algo a ver com o Roger? É esse o nome dele, não?

— Não foi só ele. Teve o Alan, o Reinaldo e também o carinha da academia. Todos me traíram, eu só atraio tipos assim para a minha vida – lamento.

— Vamos nos concentrar na última encrenca. O que aconteceu? – Vovô toma assento ao meu lado, encontrando uma tremenda dificuldade em sentar-se no balanço pequeno demais para seu bumbum avantajado.

— Quer mesmo saber? – indago, pesarosa.

— Não me esconda nada.

— Ok. – Faço uma pausa para rememorar os detalhes sórdidos. – Roger e eu estávamos juntos havia quase um ano. Tínhamos uma reunião importante naquele dia. Um cliente poderoso lançou uma concorrência entre três grandes agências de propaganda da capital. Era a nossa chance, a minha oportunidade de provar que não sou apenas um rostinho bonito e que mereci o cargo de Diretora de Criação.

— Roger é o proprietário da agência, seu chefe, correto?

— Ex-chefe e ex-namorado – bufo.

— Continue – vovô incentiva.

— O fato é que o Roger estava atrasado para a reunião. A sala estava montada, minha apresentação pronta e nada de o cara aparecer. Quando o cliente chegou, eu quase tive um surto psicótico.

— Não seria a primeira vez. – Vovô lança uma gargalhada gostosa no ar, mas logo se recupera. – Desculpe, querida, prossiga.

Forço a memória a trabalhar. A cena se desenrola facilmente em meu cérebro fervilhante. Respiro fundo e dou voz às lembranças, como se tivessem ocorrido ontem:

— A sala do Roger é local proibido para qualquer funcionário da agência. Nem a faxineira pode limpar o lugar sem a prévia autorização do chefão. Eu nunca soube o motivo de tamanha paranoia, até aquele dia. Acreditava ser TOC ou outra doença mental qualquer.

"O fato é que eu precisava encontrá-lo, e rápido. Ninguém sabia do paradeiro dele e o carro estava na garagem do prédio. Quando ouvi o celular do patife tocando dentro da sala, esmurrei a porta e não houve resposta.

"Pensei que ele estivesse em apuros, que um aneurisma pudesse tê-lo derrubado, afinal Roger nunca deixava o celular para trás, nem para ir ao banheiro.

"Nesse momento, mais do que decidida e angustiada, resolvi colocar em prática o lado McGyver que você me ensinou.

— Arrombou a porta com um grampo de cabelo?

— Dois clipes – elucido.

— Também funcionam muito bem. – Vovô concorda, com um sorriso orgulhoso. – E o que encontrou ao entrar?

— Descobri o motivo de aquela sala ser proibida para qualquer funcionário. – Entro em devaneios e murmuro: – Que cara maluco.

— Melina? – Vovô estala os dedos e volto a narrar.

— Bom, me deparei com um sistema de monitoramento de última geração. Tive a impressão de estar no quartel-general da CIA, com câmeras fantasmas espalhadas por toda a agência – explico.

— Impossível detectar? – Vovô tira os óculos e limpa as lentes na camisa. – Isso é proibido por lei.

— É, eu sei, mas o fato não tem muita importância agora. O lance foi que, quando me aproximei da mesa suntuosa daquele babaca, dei de cara com um monitor gigante e todas as câmaras estavam ligadas, inclusive a que ele escondeu na escada de incêndio.

— Por que essa câmera é especial? – Vovô coça os olhos e recoloca os óculos. – Ele estava lá? Na escada de incêndio?

— Acredita? Uma reunião megaimportante para a empresa iria começar e o filho da mãe estava dando uma com a secretária boazuda dos peitos comprados. – Uno as sobrancelhas, em dúvida. – Ainda acho que a bunda dela também foi comprada.

— Pegou seu namorado com a secretária na escada de incêndio. – Vovô suspira, pensativo. – E o que você fez, Mel?

— Engoli a minha fúria e a profissional entrou em cena. Fui para a reunião e dei o melhor de mim. No meio da apresentação, o cretino apareceu com a maior cara lavada.

— Conseguiu ao menos terminar a sua apresentação?

— Terminei e o cliente curtiu. Mas, então, o filho da puta com o ego do tamanho do Empire State resolveu puxar a sardinha para o lado dele, dizendo que a ideia da campanha havia saído daquela cabeça com os primeiros cabelos brancos aparecendo. – Minha voz sobe alguns decibéis. – Poxa, vô, a ideia da campanha foi minha! Eu trabalhei semanas com a equipe de criação para bolar as peças mais incríveis de que aquela agência já teve notícia! E o canalha simplesmente diz que a coisa toda partiu dele?

— Hum. – Vovô une os indicadores na altura do queixo, reflexivo. – Já posso imaginar o final dessa história. Se eu bem conheço meu caldeirão em ebulição, você partiu a cara dele ao meio.

— E encaçapei as bolas também! – Dou um soco no ar e então, cerro as pálpebras, arrependida. – Droga, vô, perdi o controle, para variar.

— E o emprego, pelo visto.

— E minhas economias, já que o desgraçado está me processando. O juiz congelou minha poupança até o veredito final.

— Nunca vi a justiça andar tão rápido nesse país. – Vovô força um sorriso.

— Sacou o meu drama?

— Não conte isso à sua avó. Ela é bem capaz de juntar todos os malandros de Paraty e pagar uma boa grana para acabarem com esse tal de Roger – vovô brinca e me arranca um sorriso melancólico. – Mel, esse fulano não merece você.

— E eu, vô? O que eu mereço? – choramingo.

— Toda a felicidade do mundo, meu amor.

me cobrir de beijos

Inteligente, divertido, carismático

rosto angelical

olhos claros

Me achará linda de qualquer maneira

Juntos seremos um só, para sempre.

precisa ser lindo

Capítulo 6

Ser bem-sucedido

romântico ao extremo

Ele só pensará em mim

Eu só queria um homem para chamar de meu, alguém que não me traísse e fosse um companheiro para todo o sempre.

É pedir demais?

Após me regalar com um risoto de açafrão do além – do Espírito, para ser mais exata –, atiro-me na cama e abro a caixa de fotografias. Amo máquinas fotográficas digitais, mas odeio guardar as lembranças em pen drives ou arquivos no computador. Gosto de imprimi-las para apreciar sempre que tiver vontade.

Já passa das nove da noite, nem sinal do papai. Ele é o diretor do único hospital particular de Paraty e trabalhou por anos no setor público, como cardiologista. Ainda atende alguns pacientes, mas só em casos de urgência.

Ligo o computador e o Skype. Nauane atende com a cara amassada, e veios grossos da almofada da sala se desenham em sua pele branca e cheia de sardas. Seu olhar sonolento se fixa no meu e ela boceja alto.

— Dormindo uma hora dessas? Não tem nenhuma balada boa nessa cidade hoje? – incito.

— Que nada. É ressaca mesmo. O Zé e os caras vieram para cá e tomamos todo o estoque de vinho que você deixou. Em sua homenagem, obviamente – Nanie rebate, num tom molenga. – Eu não estava a fim de sair, sem você não tem a menor graça.

— Depois eu é que sou a rainha do melodrama – reviro os olhos.

— Já se instalou? Como estão seus avós? E seu pai?

— Meu quarto está uma zona, não arrumei nada ainda. Estava revendo umas fotos antigas, da época da faculdade. Bons tempos aqueles – digo, num tom saudosista.

— Algo que valha a pena me mostrar? – Nanie dá outro bocejo longo. – Porque, sério, eu estou vendo duas de você nesse momento. Preciso de um banho frio e cama.

— Lembra quando fizemos uma lista do homem perfeito? – Seguro uma folha dobrada entre os dedos. – E então colocamos debaixo do colchão por um ano?

— Não vá me dizer que guardou?! – Ela tem um sobressalto.

— Tanto guardei como encontrei dentro da caixa de fotografias. É hilário, eu preciso ler para você.

— Pode ser amanhã, Mel? Estou sem a menor condição. Sabe aquelas velhas surdas que entendem tudo errado? Pois é, sou eu neste exato segundo.

O barulho da porta da frente atrai minha atenção.

— Nanie, acho que meu pai chegou. Amanhã eu ligo, tá bom?

— Mande um beijo para o seu velho e gostoso pai. Câmbio final.

Meu pai é daqueles coroas atraentes, com os cabelos levemente grisalhos, barba por fazer e um corpo atlético que arranca suspiros das damas mais comportadas da sociedade.

É em seu peito bem trabalhado na musculação que enfio a minha cara depois de despejar toda a tralha que estava engasgada na garganta. Se não chorei no colo do meu avô, estou fazendo o dobro disso agarrada ao meu velho.

Suas mãos alisam meus cabelos desgrenhados, e ouço a respiração cadenciada que movimenta seu tórax para cima e para baixo. Depois de um longo tempo, ele resolve perguntar:

— Está apaixonada?

— Eu não sei, acho que sim, e tenho vontade de me suicidar por isso – retruco.

— Você sempre teve o dedo podre para escolher namorado. Com exceção do Bernardo, claro.

— Pai! – Dou um salto no sofá, indignada.

— É a verdade, filha. – Meu pai me encara com olhos cheios de sabedoria. – Se você só atrai esse tipo de homem, a vida está lhe dando uma chance de aprender com isso. Mas, pelo visto, você ainda não compreendeu o que é necessário para seguir em frente.

— Aprender o quê com as traições? A sofrer? A me descabelar? Realmente não estou entendendo o recado. Será que a vida pode ser mais direta? – Bufo e cruzo os braços, irritada.

— Isso tudo vai passar, filha, não se preocupe.

Meu pai limpa a garganta e percebo que há uma pergunta entalada, doida para ganhar voz. Já sabendo do que se trata, suspiro profundamente e deixo que ele mude o rumo da conversa.

— Tem falado com a sua mãe?

Demorou para o assunto "sua mãe" entrar em pauta. Eu já estava até estranhando o fato. Endireito-me e descruzo os braços, trazendo os joelhos para o peito. Falar sobre minha mãe nunca é fácil, ainda mais por não ter superado a sensação de abandono que ela deixou para trás.

— Faz um mês que não falo com ela – revelo, num fio de voz. – Jura mesmo que não sente raiva? Nem uma pontinha?

— Raiva da sua mãe? – Um breve sorriso se desenha nos lábios do meu pai. – Como eu poderia? Sua mãe é um anjo, um espírito livre e aventureiro. Eu sempre soube que um casamento ou mesmo uma filha não a segurariam por muito tempo. E outra: teve a morte dos seus avós, sempre leve isso em consideração ao julgá-la.

— Um casamento eu até posso entender, mas, poxa, ela deveria ter pensado em mim antes de sair pelo mundo em sua jornada espiritual, ou sei lá como chamam isso – rebato, levemente alterada. – Quanto à morte dos meus avós, foi apenas uma desculpa que ela encontrou.

— Não sinta raiva, isso faz mal ao coração. – Papai bate em seu próprio peito.

Eu tinha doze anos quando um bando de malucos se hospedou aqui na Pousada das Margaridas. Vestiam-se como hippies, falavam sobre dimensões paralelas, seres elevados e a busca espiritual rumo à iluminação.

Eu não entendia bulufas do que diziam, ainda assim gostava de ouvir sobre outros mundos, civilizações mais avançadas e os caminhos sagrados espalhados por todo o globo.

Assim como eu, mamãe ficou fascinada. Ela sempre se interessou por tudo o que fosse oculto, místico, esotérico. Aliás, ela atuava como terapeuta holística e mantinha um consultório até bem frequentado no Centro Histórico de Paraty.

Aplicava reiki, cromoterapia, utilizava-se de cristais coloridos e me recordo até de uma espécie de mesa com um design bem esquisito. Com a ajuda de um pêndulo e da tal mesa, minha mãe dizia ser possível medir a energia dos chacras de seus pacientes.

O fato foi que, quando os tais malucos tomaram seu rumo após quinze dias na pousada, mamãe caiu em depressão. Queria a todo custo segui-los, sabe lá Deus onde.

Meu pai ficou alucinado quando ela fez as malas. Meu avós tentaram detê-la, sem sucesso. Eu chorei horrores e me agarrei à barra de sua saia, como uma criancinha birrenta.

Nada surtiu efeito, ela estava decidida.

Depois de raspar toda a herança que seus pais haviam deixado, minha mãe partiu para Machu Picchu, no Peru. Largou o consultório, os pacientes, meu pai e a mim para trás. Ainda não sei como ela teve coragem para tanto.

Vi meu pai envelhecer anos em apenas alguns meses. Mas ele não caiu num poço sem fundo como era de esperar. Manteve-se firme e meteu a cara no trabalho, deixando-me por conta dos meus avós. Foram tempos difíceis aqueles, principalmente por minha causa.

Entendam:

Minha mãe me abandonou para buscar a iluminação.

Eu estava entrando na adolescência.

Minha menstruação finalmente havia dado as caras.

Que garota de doze anos aguentaria tudo isso numa boa?

Enfim, fiz da vida dos meus avós e do meu velho um inferno. Aprontei todas e mais algumas no colégio, arrumava brigas em qualquer lugar e cheguei ao ponto de fugir de casa quatro vezes.

Passei a odiar Paraty e a pousada. Os turistas me irritavam. A alta temporada era uma tortura e eu jurei que, assim que completasse dezoito anos, me mandaria da cidade.

E não é que cumpri a promessa?

Ser bem-sucedido

me cobrir de beijos

rosto angelical

carismático

olhos claros

Me achará linda de qualquer maneira

Ser bem-sucedido

eremos um só, para sempre.

precisa ser lindo

Ele só pensará em mim

romântico ao extre

ntico ao extremo

rosto angelical

brir de beijos

Juntos seremos um só, para sem

olhos claros

Me achará linda de qualquer maneira

sempre.

precisa ser lindo

Ele só pensará em mim

Inteligente, divertido, carismático

me cobrir de beijos
Inteligente, divertido, carismático
rosto angelical
olhos claros
Me achará linda de qualquer maneira
Juntos seremos um só, para sempre.
precisa ser lindo
Ser bem-sucedido
romântico ao extremo
Ele só pensará em mim

Capítulo 7

Dormi feito uma pedra.

Acordo com o despertador do celular aos berros. Desligo o troço no soco e me arrasto para o banheiro. Ajeito as madeixas douradas atrás das orelhas e jogo montes de água no rosto. Meus olhos estão mais cinzentos que de costume, um tanto opacos até.

Dou um *up* no visual, visto uma roupa confortável e tomo o rumo do gazebo. Bolinhos de chuva e chá de camomila são tudo de que preciso para me sentir confortada nesta manhã preguiçosa.

Vejo que poucos hóspedes acordaram, e meus olhos vagueiam, buscando uma mesa isolada. Arrasto a cadeira e me sento, jogando a cabeça para trás, contemplando as copas das árvores através da cobertura transparente.

Ainda não decidi o que fazer da vida. Ajudar meus avós na pousada é uma possibilidade interessante, e meu pai ofereceu um trabalho temporário na área de propaganda lá no hospital.

Sua intenção é repaginar o visual dos materiais impressos, bem como a logomarca, já ultrapassada. É o tipo de trabalho que faço com as mãos nas costas. Ainda não aceitei, mas o farei.

Preciso de alguns dias de descanso e também para dar um jeito no meu quarto zoado. As caixas de sapato estão espalhadas pelo chão e socadas dentro do guarda-roupa de qualquer maneira. As roupas ainda estão nas malas e não encontrei minha escova de dentes até agora. Por sorte, sempre tenho uma de reserva dentro da bolsa.

Hoje tirarei o dia para dar um rolê pelas ruas da cidade. Já não odeio Paraty como antes, afinal a cidade não teve nada a ver com a decisão tresloucada da minha mãe e a grande merda que fiz há dez anos.

Uma imagem toma conta da minha mente e eu tenho um sobressalto, com o coração aos pulos. A boca fica seca e mordo o lábio trêmulo. Tudo neste lugar transpira o passado, ecoa as burradas e mágoas ainda incrustadas no meu espírito.

Estou entretida com a imagem, aquele rosto lindo transfigurado pelo ódio de ter sido traído. Meu avô senta-se à mesa, e só me dou conta de sua presença quando pigarreia e eu finalmente aporto em terra firme.

— Dormiu bem? – ele pergunta, depositando uma cesta de bolinhos de chuva na minha frente.

— Como há muito tempo não acontecia – afirmo. – A pousada está tranquila demais, não acha?

— Graças a Deus! – Vovô ergue as mãos para os céus. – Você não viu este lugar dez dias atrás.

— O que houve?

— Em que mundo você vive, Melina? Sediamos a FLIP, está lembrada?

Que gafe a minha. A FLIP – Festa Literária Internacional de Paraty – é só um dos mais respeitados eventos do mundo. São cinco dias ultraculturais que incluem debates, shows, exposições, oficinas e conta com a presença de grandes nomes da literatura mundial.

— Putz, vô, esqueci completamente. – Bato com a mão na testa. – A cidade ficou muito lotada?

— Impossível de caminhar. Tinha gente saindo pelo ladrão. – Vovô ajeita os óculos na ponta do nariz. – Ainda assim, valeu a pena. Era possível sentir o cheiro da cultura e dos livros no ar. Você sabe o quanto amo o cheiro dos livros, não sabe?

— Sua biblioteca que o diga. – Meu avô mantém uma biblioteca invejável em um dos anexos da pousada. Os turistas mais intelectuais piram no número de volumes raros e nas primeiras publicações de obras que nem são mais editadas.

— Sua avó me deu uma folga e até consegui alguns autógrafos.

— Quantos livros comprou dessa vez? – Mordo um bolinho de chuva e reviro os olhos, em êxtase.

— Não foram muitos. – Vovô franze a testa e balança a cabeça.

— Cinquenta e oito. – Vovó chega por trás e revela. – Seu avô é tarado por livros assim como você é por sapatos.

— Então essa FLIP foi como cinco dias no paraíso, é isso mesmo? – pergunto, aos risos.

— Paraíso para o seu avô, porque eu fiquei descadeirada! – vovó se inflama e completa minha cestinha com mais alguns bolinhos de chuva quentinhos.

Os dois começam a discutir e eu me calo, só observando e beliscando as iguarias recheadas de celulite.

Minha avó é dessas senhoras cheias de energia, que deixa no chinelo muitas menininhas de vinte anos. Os cabelos batidos na nuca são sempre tingidos de dourado, sustentando uma camada de laquê que mantém os fios tão rígidos quanto uma cerca de arame farpado.

Ela é baixa, esguia e se orgulha de suas rugas, dizendo que as marcas do tempo serão muito úteis quando chegar ao Paraíso. Minha avó acredita que por lá exista uma fila especial para idosos enrugados. Não acho que a entrada para o céu esteja bombando desse jeito, mas, enfim, melhor não discutir.

Meu avô é um gordinho gostoso, com os cabelos tão branquinhos quanto flocos de neve. Os óculos de aros vermelhos lhe conferem um ar cult e divertido. Ele adora calças de alfaiataria e dificilmente o vejo usando outra vestimenta. Bermuda? Nem pensar!

— Essa discussão entre vocês está divertidíssima, mas realmente preciso ir. – Jogo um último bolinho de chuva na boca antes de me levantar.

— Aonde vai? – vovô pergunta, ajeitando os óculos.

— Dar uma volta pela cidade. Estou precisando ficar sozinha com minha pessoa maníaco-depressiva.

Meus avós se entreolham, incertos.

— Prometo voltar viva e com todos os órgãos no lugar, está bem?

— Fique longe de encrencas. – Vovô sacode o indicador na altura do meu nariz.

— Eu já disse, vô, são as encrencas que não me deixam em paz.

Ser bem-sucedido

me cobrir de beijos

rosto angelical

carismático

olhos claros

Me achará linda de qualquer maneira

Ser bem-sucedido

eremos um só, para sempre.

precisa ser lindo

Ele só pensará em mim

romântico ao extre

ntico ao extremo

obrir de beijos

rosto angelical

Juntos seremos um só, para sem

olhos claros

Me achará linda de qualquer maneira

sempre.

precisa ser lindo

Ele só pensará em mim

Inteligente, divertido, carismático

me cobrir de beijos

rosto angelical

Inteligente, divertido, carismático

olhos claros

Me achará linda de qualquer maneira

Juntos seremos um só, para sempre.

precisa ser lindo

Ser bem-sucedido

romântico ao extremo

Ele só pensará em mim

Capítulo 8

Com o par de sapatilhas mais confortável que tenho, dou o primeiro passo a caminho do Centro Histórico.

O sol está a pino e os raios queimam meus braços como se eu fosse uma vampira prestes a virar cinzas. É exatamente como me sinto, só o pó.

Arrasto os pés sem destino, descortinando os mínimos detalhes de uma Paraty que parece ter parado no tempo, suspensa sobre um mundo de tecnologias e entretenimentos baratos e sem sentido. As pessoas aqui são mais felizes: basta observar os sorrisos e o brilho no olhar. Estou com inveja dessa alegria, da aura colorida que as envolve.

Será que algum dia redescobrirei a felicidade?

Dizem que o tempo cura tudo, mas no meu caso o relógio está parado, aguardando uma peça sobressalente que nunca chega.

Eu sei, sou a rainha do drama.

— Ei, Melina! – ouço o chamado às minhas costas.

— Oi, Espírito. – Lanço meu melhor sorriso matinal. – Ou deveria chamá-lo de muchacho?

Sobre a cabeça de cabelos ralos e descoloridos, Espírito sustenta um chapelão, ao estilo sombrero. Para variar, seu corpo está todo coberto, inclusive as mãos se mantêm enluvadas.

— Sua avó me descolou esse chapéu numa viagem que fez para o México, está lembrada?

— Se estou. Comi pirulitos de pimenta por quase um ano. – A boca está salivando, irritada com a lembrança. Meu estômago também se remexe como se gritasse "Não, pelo amor de Deus!".

— E olhe só isso. – Ele puxa da aba do sombrero uma rede feita de crochê. – Sua avó tricotou esse troço, dizendo que protegeria o meu rosto também.

— Fala sério, isso parece um sombrero-burca! – satirizo. – Escute, não seria melhor o velho e simples protetor solar?

— O negócio vira uma meleca derretida quando encaro o fogão. Prefiro o sombrero-burca – ele rebate, guardando a tela de crochê dentro da aba. – Para onde está indo?

— Caminhando, sem rumo definido.

— Isso é um pleonasmo! – Espírito desata a rir.

— Qual é, já tive alguns rumos definidos – retruco, tentando parecer indignada.

— Quando? – Ele une as sobrancelhas e me encara.

— Quando fui para São Paulo, por exemplo.

— Hum. Mas pelo visto o rumo definido estava equivocado, ou você não teria voltado para casa. – Ele faz uma pausa enquanto meu ego dá uma de Chuck Norris e mete umas porradas nas minhas ideias. – O que aconteceu por lá?

— Quer mesmo saber? Está com tempo de sobra?

— Me acompanha até o mercado? Preciso buscar uns pescados e tal.

— Beleza. Prepare seus ouvidos e deixe a descarga no jeito porque são muitas merdas. E, quando eu digo muitas, é de entupir o encanamento.

— Ok, sou todo vaso sanitário, ops, ouvidos.

Contei todas as minhas desventuras para Espírito, que me ouviu atentamente, como sempre faz. Vez ou outra ele murmurou algo ininteligível, pensando com seus botões.

— Pronto. Satisfeito? – digo, torcendo o nariz na banca de peixes. O cheiro aqui é de sair correndo e gritando, como aquele molequinho do filme *Esqueceram de Mim* ao aplicar o pós-barba no rosto.

— Caramba, Mel. Quando você disse que eram muitas merdas, não imaginei que fosse o esgoto inteiro – ele ironiza, metendo o nariz em um dos peixes, inspirando-o como se fosse perfume francês.

— Eca! – faço careta e recuo. – Por que fez isso?

— Para me certificar de que é fresco, sua nojenta.

Suspiro alto e relaxo os ombros, vencida. Quanto mais conto a minha história para os outros, mais me sinto uma perdedora.

— Meu pai fez um convite para eu trabalhar no hospital – revelo quando retomamos o caminho para a pousada. – O que acha?

— É uma boa. Sabe quem está trabalhando por lá, não sabe?

— Quem? – Tomo a frente de Espírito e o encaro, bem no fundo daqueles olhos claríssimos.

— Droga, ninguém contou a você? – Ele parece surpreso e a lombriga da curiosidade resolve me morder. – Talvez seja melhor descobrir sozinha.

— Faça isso e eu o prendo a uma árvore, completamente nu, ao meio-dia. – Uso meu melhor tom de ameaça. – Quem está trabalhando no hospital? – Faço cócegas em sua barriga; esse golpe sempre funciona.

— Pare. – Ele se contorce e eu não dou trégua. – Está bem, está bem! É o Bernardo!

Petrifico, boquiaberta.

Bernardo? Aquele Bernardo? Não é possível. A última notícia que tive foi que ele estava em Londres e não havia qualquer possibilidade de voltar ao Brasil. Não, não deve ser a mesma pessoa.

— Quatro olhos, franzino, cara de cão sem dono... Está falando desse Bernardo? – indago, prendendo a respiração para ouvir a resposta.

— Ele não usa mais óculos, está com o corpo malhado, cara de bad boy angelical... É desse Bernardo que estou falando. – Espírito faz uma pausa e degusta o meu momento pavor. – Ele mudou muito, Mel.

Perco a voz. Milhões de perguntas se formam em minha boca, mas nenhuma delas escapa pelos meus lábios tensos. Levo a mão ao peito quando sinto que terei um ataque a qualquer segundo.

— E tem mais uma coisa de que você precisa saber: ele está noivo. – Espírito lança a bomba e eu engasgo com o ar.

What????

Como assim noivo?

— Quem é a piranha? – Meu lado sombra rouba a cena. – Alguém que eu conheça e deva matar?

— Pior do que isso. O nome Samantha Bragança lhe diz alguma coisa? – ele atira e eu explodo:

— Aquela patricinha mimada e metida a besta? Aquela enjoada, patética, chorona e...

— Linda. – Espírito complementa, tocando meus ombros.

— É, isso também. – Minha cabeça pende para a frente, derrotada. – A linda, rica e inteligente Samantha Bragança. Há quanto tempo estão noivos?

— Alguns meses. O Ben voltou ao Brasil há dois anos e desde então trabalha com o seu pai. Seu velho não disse nada a respeito? – O chapéu faz sombra no rosto de Espírito e eu não consigo acompanhar suas reações.

— Não, ele não disse. – Minha voz é um sopro de pesar.

— O primeiro amor da sua vida e sua arqui-inimiga juntos... é muito para processar, Melina.

Sinto um gosto horrível no fundo da garganta. Estranhas emoções me abatem como se eu fosse uma presa ferida. Deve ser o meu tão conhecido sentimento de posse, não há outra explicação para as sensações conflitantes que estou vivenciando.

Estava tão ocupada me autodestruindo que nunca pensei em Bernardo com outra mulher. A ideia é tão absurda, tão sem sentido, que não consigo processar o fato.

— Não se faça de vítima. Você o abandonou e não o contrário. Ele ficou arrasado quando você foi para São Paulo sem se despedir de ninguém. Por que acha que se mudou do Brasil na primeira oportunidade? – Meneio a cabeça, apertando os olhos. – Ele estava tentando superar, reencontrar a sanidade. Foi um golpe duro para ele e eu acompanhei o desenrolar dessa trama bem de perto, Mel.

— Não me faça sentir pior do que já estou – peço, com lágrimas nos olhos.

— Você o apagou da sua vida, como fez com a sua mãe. Abandonou um cara incrível, que tinha tudo para fazê-la a mulher mais feliz deste mundo. – Ele faz uma pausa e segura meus ombros, com firmeza. – Você quase o destruiu, espero que se lembre bem disso quando reencontrá-lo.

Ser bem-sucedido

rosto angelical

me cobrir de beijos

carismático

olhos claros

Me achará linda de qualquer maneira

Ser bem-sucedido

eremos um só, para sempre.

precisa ser lindo

Ele só pensará em mim

romântico ao extrem

ntico ao extremo

rosto angelical

brir de beijos

Juntos seremos um só, para sem

olhos claros

Me achará linda de qualquer maneira

empre.

precisa ser lindo

Ele só pensará em mim

Inteligente, divertido, carismático

Capítulo 9

me cobrir de beijos

Inteligente, divertido, carismático

rosto angelical

olhos claros

Me achará linda de qualquer maneira

Juntos seremos um só, para sempre.

precisa ser lindo

Ser bem-sucedido

romântico ao extremo

Ele só pensará em mim

De volta à pousada, deitada preguiçosamente em uma rede, repasso mentalmente toda a minha vida, como se a qualquer momento eu pudesse deixar de existir. Uma tristeza estranha me invadiu após a conversa com Espírito.

Sinto um ciúme ácido me corroer as entranhas, mordiscando meu coração estraçalhado. Não entendo. Achei que tivesse superado Bernardo. Como bem disse o meu amigo, eu o apaguei da minha vida, assim como fiz com a louca da minha mãe.

Naquela época, eu não me senti um lixo fétido como acontece agora. De alguma forma eu sabia que Bernardo nunca deixaria de ser meu, tinha essa certeza doente de que ninguém tomaria o meu lugar.

Fui embora e vivi a minha vida, não fui nem capaz de deixar uma carta de despedida. Saí de Paraty naquela certeza absurda de que ele me amaria por todas as horas, todos os dias, até o fim de sua vida. E eu vibrava com essa certeza.

Como pude ser tão estúpida?

Uma brisa cálida traz um odor conhecido, que faz com que minhas papilas explodam em felicidade. Café fresco e pão de queijo. Remexo-me, ligando o radar, deixando minhas narinas seguirem o rastro rumo ao paraíso.

Não preciso ir muito longe. Vejo Espírito, com uma bandeja nas mãos, adornada por uma toalha de chita caindo pelas beiradas. Sento-me um tanto desconfortável e aguardo. Ele deposita calmamente a cesta com os pães quentinhos, duas xícaras e um bule de café sobre a mesa de apoio.

— Peguei pesado com você, me deixe compensar o estrago. – Ele serve o café e me estende uma das xícaras.

— Imagine. Você só me pregou numa cruz e depois ateou fogo, como a bruxa má que sou. – Dou um sorriso triste, mas sincero. – Eu mereci cada palavra, não se preocupe.

Já é quase noite. Contemplo o céu, inspirando os inúmeros aromas que nos circundam. Há pouquíssimas nuvens, e o sol dá um espetáculo especial para aqueles sortudos que possuem tempo e podem vislumbrar algo além de duas dimensões.

— Eu tinha que dizer alguma coisa, Melina. Mesmo que não aceite trabalhar no hospital, acabará trombando com o Bernardo em alguma esquina. Quero que esteja preparada.

— Por que acha que devo me preparar? – indago, aflita. – Continua com esse negócio de prever o futuro? Ainda brinca de oráculo?

— Faz parte de mim e não é uma brincadeira. – Ele umedece os lábios e beberica da xícara fumegante. – Algo me diz que você vai se machucar e eu não quero que isso aconteça.

Eu o encaro, estreitando os olhos. Espírito sempre teve o dom de prever acontecimentos futuros, sem muita precisão, é verdade. Mas muito do que ele me revelou acabou acontecendo, de uma maneira ou outra. Talvez eu deva dar ouvidos ao que ele está profetizando.

— Acha que posso me apaixonar por ele novamente, é isso? – Deixo minha melhor risada incrédula escapar. – Não vai acontecer, eu prometo. – Selo essa afirmativa beijando os dedos em formato de cruz. – Não quero me envolver com ninguém agora, muito menos com uma pessoa do meu passado. E, sério, o Ben não pode ter mudado tanto assim... ele nunca fez o meu tipo!

— Ainda assim, foi o primeiro e grande amor da sua vida – ele relembra e eu estremeço. – E que eu saiba o amor não é guiado por tipos físicos, Mel. É algo muito maior do que isso, muito além do corpo... é espiritual.

— Falou o mestre zen. – Tento parecer descontraída, mas a verdade é que todos os músculos do meu corpo estão retesados. Até o café encontra barreiras para descer redondo pela garganta. O pão de queijo me chama, mas tenho medo de comer e engasgar.

Espírito suspira ruidosamente, sem tirar os olhos dos meus. Não desvio, afinal ele é uma das poucas pessoas que consigo encarar dessa forma por tempo indeterminado. Não tenho medo do que ele possa ver na minha alma. Não temo pelo seu julgamento.

— Quando reencontrar o Ben, tente não ferrar com tudo, certo? Prometa isso. – Há uma sombra nos olhos do meu amigo.

— Prometo.

Ele me fita com um semblante cético e cerra as pálpebras, balançando a cabeça para os lados, antevendo o meu futuro novamente:

— Droga, você vai ferrar com tudo.

Ser bem-sucedido

rosto angelical

me cobrir de beijos

Me achará linda de qualquer maneira

olhos claros

carismático

Ser bem-sucedido

eremos um só, para sempre.

precisa ser lindo

Ele só pensará em mim

romântico ao extrem

tico ao extremo

Juntos seremos um só, para semp

brir de beijos

rosto angelical

olhos claros

Me achará linda de qualquer maneira

empre.

precisa ser lindo

Ele só pensará em mim

Inteligente, divertido, carismático

me cobrir de beijos

Inteligente, divertido, carismático

rosto angelical

olhos claros

Me achará linda de qualquer maneira

Juntos seremos um só, para sempre.

precisa ser lindo

Capítulo 10

Ser bem-sucedido

romântico ao extremo

Ele só pensará em mim

Meu pai, meus avós e o computador com a Nanie do outro lado da tela me encaram sobre a mesa rústica, farta de comidinhas que cheiram muito bem. Mas não sinto fome e mal toquei no meu prato.

Baixo a cabeça e faço nós com o guardanapo de tecido. Os quatro aguardam que eu diga alguma coisa, qualquer besteira. Penso, penso e penso. Preciso fazer algo da minha vida. Faz uma semana que cheguei a Paraty e uma preguiça mortal não me deixa sair da zona de conforto.

— Tudo bem, eu aceito trabalhar no hospital – resolvo de supetão. – Acho que um mês é o suficiente para colocar a casa em ordem. E, depois disso, começo a trabalhar aqui na pousada.

— Finalmente uma sábia decisão. – Nanie bate palmas.

— E quando você começa? – Meu pai ajeita o topete grisalho e sinto uma leve pressão no seu tom.

— Segunda-feira? – É amanhã.

— Perfeito. – Ele sorri, satisfeito. – Já arrumei uma sala para você. Mas leve o seu notebook, não temos nada tão potente no hospital.

— Certo. – Seguro o computador bem firme e me levanto. – Posso ir agora?

— Mas você não comeu nada! – Vovó ergue as sobrancelhas. – Melina, você está muito magra.

— Vó, fique tranquila. – Pesco uma maçã na fruteira. – Boa noite.

Equilibro Nanie e a maçã entre as mãos, dirigindo-me ao meu quarto ainda bagunçado. Coloco o computador sobre a cama e me jogo no colchão. Dou uma mordida na fruta proibida e retomamos o papo.

— Me mostre logo aquela lista do homem perfeito. Sabe que fiquei curiosa? Uma pena eu ter jogado a minha fora... devia ser cômica.

— Ok, veja isso. – Puxo a lista do bolso da calça, desdobro o papel um tanto amassado e mostro para a câmera.

— Leia esse negócio em voz alta, você está tremendo.

— Certo. – Começo a leitura. – Universo, obrigada por conspirar a meu favor. Agradeço por me enviar o homem perfeito, aquele com quem serei feliz por toda a eternidade, minha alma gêmea.

— Realmente isso é hilário – ela me corta, mas devido ao meu olhar fuzilante, cala-se para escutar.

— Continuando – rosno, entredentes –, eis o homem da minha vida: *"Universo, esse homem precisa ser lindo. Cabelos dourados, olhos claros, atlético, mãos grandes, pernas firmes, rosto angelical. Ah, barba por fazer é megassensual, esse item é indiscutível. Também necessita exalar sexy appeal por todos os poros, ok? E tem mais: deve gostar de sexo todos os dias, em qualquer lugar. Isso não é negociável.*

"Ser bem-sucedido é imprescindível. Inteligente, divertido, carismático, generoso e romântico ao extremo. Deve me amar com todas as suas células, me venerar como uma princesa, me cobrir de beijos todas as manhãs.

"Ele não se importará com o passar do tempo, com a idade chegando. Me achará linda de qualquer maneira e não se sentirá ameaçado na TPM. Ele só pensará em mim e não terá olhos para qualquer outra baranga. Serei somente eu, eu e eu.

"A vida a dois será incrível e a felicidade, plena. Não haverá traição, nunca faltaremos com a verdade nessa relação. O amor incondicional regerá nossas vidas, nossos destinos.

"O sexo será muito, muito bom! Na verdade, será incrível, transcendental. Eu me sentirei a mulher mais amada deste mundo e farei dele o homem mais feliz do universo.

"Juntos, seremos um só, para sempre."

Nanie está muda do outro lado da tela. Procuro por seus olhos, buscando entender sua expressão congelada. Ela alisa os cabelos castanhos para trás, e seu olhar perdido finalmente se encontra com o meu.

— Diga alguma coisa – peço, suplicante.

— Isso não existe, Melina. Você está viajando.

— Por que acha isso? – sobressalto-me. – É claro que existe. Em algum lugar deve haver um homem assim, feito só para mim.

— Esse cara é perfeito e, na boa, vivemos no planeta Terra. Se você realmente topar com um homem desses, no mínimo ele será gay. Espere – ela faz aquela cara de quem vai dizer uma grande bobagem –, já sei: seu homem é uma mulher! – E então cai na gargalhada.

— Cale a boca. – Dobro minha lista do homem perfeito e coloco de lado. – Nanie, nada é impossível quando se acredita. – Adoro uma frase feita.

— Bom, não custa tentar. Coloque essa lista debaixo do colchão e faça uma oração para o Universo. É óbvio que ele vai rir da sua cara de trouxa, mas, como você disse, nada é impossível.

Fico calada, encarando a lista. Nanie pigarreia e pergunta o que está havendo. Demoro algum tempo para responder, sem saber como começar e qual será o seu julgamento diante da situação escabrosa que narrarei a seguir.

— Preciso contar uma coisa – digo, receosa.

— Sou toda ouvidos.

— Lembra do Bernardo? – faço a pergunta, sem olhar nos olhos castanhos dela.

— Aquele gatinho da foto de cabeceira? O carinha do seu primeiro beijo? Aquele da sua primeira...

— É! Esse cara mesmo – bufo alto. – Eu achei que ele estivesse em Londres, pelo menos foi a última notícia que tive. Não entendo por que ninguém me contou nada, nem meu pai falou sobre o assunto.

— Pare de enrolar e desembucha logo.

— Ele está aqui, em Paraty. Trabalha no hospital, é traumatologista.

— Brincou. – Nanie está boquiaberta. – Caramba, Mel. E aí, já se encontrou com ele? Quanto tempo faz?

— Dez anos – afirmo. – E não, ainda não topei com ele. Quando o Espírito me disse que ele estava de volta, senti um troço estranho, um aperto no coração.

— Também pudera! – Ela explode numa gargalhada. – Você aprontou demais com esse cara.

— Nem me lembre, eu morro de vergonha só de pensar – lamento. – Mas essa não é a pior parte.

— Tem coisa pior? Conte tudinho.

— Ele está noivo daquela sem graça. – Finco os dentes no lábio, com raiva. – Nunca pensei que isso pudesse acontecer.

— De qual sem graça estamos falando? Não vá dizer que é daquela com quem você saiu na porrada. – Nauane fricciona as duas mãos, doidinha com o babado. – Ai, essa história está ficando cada vez melhor.

— Nanie! Caraca, está de sacanagem comigo?

— Desculpe, Mel. Mas vamos combinar que essa história está boa demais. E então, é ou não é aquela baranga que você mandou para a cirurgia plástica?

— É ela mesma – confirmo, num fio de voz.

Silêncio novamente. Nanie finalmente guarda o sorriso e me encara, franzindo os lábios. Sei que ela lançará a pergunta em breve e me preparo para dar uma resposta condizente.

— O que sentiu ao saber disso? – Depois eu é que sou óbvia.

— Não sei explicar. Traída, talvez.

— Traída? Ah, fala sério! – ela contesta, dando um tapa no monitor. – Mel, você chifrou o cara com o melhor amigo dele! Pirou?

— Tá, eu sei. Mas foi assim que me senti.

— O que pensou? Que ele ficaria chorando por você pela eternidade? Cara, a fila anda, pô.

— Não quero encontrar com eles, foi por isso que demorei tanto para me decidir pelo trabalho no hospital – choramingo. – O que eu fiz com o Bernardo foi imperdoável, e a briga que tive com a Samantha, a gota d'água. Ela foi uma cachorra contando para ele sobre a traição. Quebrar aquele nariz empinado foi muito pouco. E agora eles estão juntos? Noivos? Ah, que filha da puta! Eu deveria ter sacado, ela só estava esperando uma oportunidade para cravar a estaca no meu peito.

— Isso já era. Como você mesma disse, dez anos se passaram. – Nanie tomba a cabeça de lado, e sei que a pergunta-mor sairá em alguns segundos. – O que sentiu ao ouvir o nome dele?

Estava demorando! Infelizmente, não sei como responder a essa questão. Bernardo foi muito importante para mim, aliás, o mais importante de todos. O primeiro beijo, a primeira transa, enfim... ele foi o cara.

— Não sei dizer. Senti que estava caindo num buraco sem fundo, algo assim.

— Hum. – Ela pensa um pouco e solta a pérola: – Desculpe, espero estar errada, mas é raro eu me enganar: prepare-se, porque acho que você está ferrada.

Ser bem-sucedido

rosto angelical

me cobrir de beijos

Me achará linda de qualquer maneira

carismático

olhos claros

Ser bem-sucedido

eremos um só, para sempre.

precisa ser lindo

Ele só pensará em mim

romântico ao extren

ntico ao extremo

rosto angelical

brir de beijos

Juntos seremos um só, para sem

olhos claros

Me achará linda de qualquer maneira

empre.

precisa ser lindo

Ele só pensará em mim

Inteligente, divertido, carismático

Inteligente, divertido, carismático

me cobrir de beijos

olhos claros

rosto angelical

Juntos seremos um só, para sempre.

Me achará linda de qualquer maneira

precisa ser lindo

Capítulo 11

Ser bem-sucedido

romântico ao extremo

Ele só pensará em mim

— Acordou antes do meio-dia, que baita progresso! – Espírito me lasca um beijo na bochecha, tomando assento à minha frente na mesa de café da manhã. – E então, preparada para a labuta?

— Quer saber? Estou com um frio esquisito na barriga – revelo.

Espírito leva os cotovelos sobre a mesa e entrelaça os dedos. Fita-me por algum tempo e, quando sua boca se movimenta, ajeita uma mecha do meu cabelo atrás da orelha.

— No final, tudo dará certo.

— Você mesmo disse que vou ferrar com tudo, lembra? É melhor se decidir – rebato, cruzando os braços.

— Eu estou falando do trabalho.

— Ah. – Nesse momento, levanto-me num salto quando meu pai chama do outro lado do gazebo. – Preciso ir. Estou bonita?

— Está um arraso – ele declara, solenemente.

Visto uma combinação de saia jeans comportada, um palmo acima dos joelhos, blusinha branca canelada e camisa social aberta. Nos pés, uma sapatilha bem confortável.

— Está com um ar cult, sabe? – ele continua. – A quem quer impressionar?

— Ninguém – defendo-me. – Só quero parecer profissional, madura e...

— Bem resolvida? – Espírito sorri. – Vai passar a impressão correta, fique tranquila. Tenha um bom primeiro dia de trabalho. – Ele me abraça e sussurra: – Só mais uma coisa: Samantha Bragança é a dermatologista do hospital.

— O quê???????????

Ele não diz mais nada. Dá um beijo estalado na minha testa e, com um sorriso irritante, me deixa sozinha. Nesse momento eu surto ao quadrado.

O hospital é exatamente o mesmo de que eu me lembrava, com exceção da pintura nova, muito mais moderna e clean. A fachada ficou com cara de clínica de estética e não de um lugar onde doentes morrem todos os dias. Isso é bom.

Meu pai está lindamente caracterizado de médico, com calça branca de sarja, camisa polo branca, sapatênis branco e um jaleco asséptico que cheira a amaciante. Carrega sua inseparável maleta de couro caramelo, um presente que lhe dei em alguma data festiva.

Ele é superconhecido na cidade, tanto que não para de acenar para os lados, cumprimentando a todos pelo nome. Eu finjo que não estou ali, não quero socializar.

— Estou feliz que esteja de volta. Minha vida nunca foi a mesma sem você por perto – ele diz e me arranca um sorriso triste. – Eu gostaria muito que não mudasse de ideia, não quero que vá embora novamente.

— Não acho que eu vá mudar de ideia, pai.

— Espero que goste do trabalho. Estamos precisando de alguma criatividade por aqui. E ninguém é melhor do que você nesse quesito. – Ele levanta a minha bola e eu me sinto um *must.*

— Darei o meu melhor, prometo.

Na recepção do hospital, sou imediatamente apresentada às enfermeiras de plantão. Algumas eu reconheço, outras nunca vi mais gordas. O papo é breve e logo estou seguindo ao lado do meu velho pelo corredor principal.

Na administração, ganho um crachá com meu nome e a senha do Wi-Fi. Assino um contrato de prestação de serviços e agora conhecerei a minha sala de trabalho pelas próximas semanas.

Algo se remexe em meu estômago. Sinto as bochechas quentes e a nuca gelada. Estou levemente zonza, os braços formigam e as pernas estão molengas. Estranho, muito estranho. É como se eu estivesse caminhando por uma corda bamba, estendida sobre o alto de dois edifícios, sem qualquer proteção.

De volta ao corredor, não ouso olhar para os lados. Papai aponta as placas, explica cada ala do hospital, mas eu não estou ouvindo. Temo que, na próxima curva, eu dê de cara com o Bernardo ou pior: com minha arqui-inimiga, como bem nomeou Espírito.

— Você está bem, Mel? Está muito aérea hoje.

— Estou de boa – confirmo com a cabeça. – Pai, onde ficam a Dermatologia e a Traumatologia?

— No segundo andar – ele revela. – Quer ir até lá?

— Não! – engasgo e logo assumo o controle da minha voz esganiçada. – E o CTI, onde fica? – pergunto, para que ele não suspeite de nada.

— Também no segundo andar, final do corredor.

— Ah, é. Eu tinha esquecido.

— Sua sala é esta. – Ele para em frente a uma porta sem identificação. – Aqui está a chave. Qualquer coisa, meu ramal é 221. Depois que fizer uma análise do material, vamos marcar uma reunião com o conselho administrativo. Temos algumas ideias, mas a decisão final é sua. Você tem carta branca.

— Valeu, pai.

— Almoçamos juntos?

— Aqui no hospital? – Arqueio as sobrancelhas. – Aquela gororoba melhorou?

— Rango de primeira. O chef é amigo do Espírito.

— Nesse caso, está combinado.

Minha sala é ampla e as paredes foram recém-pintadas de um azul bem clarinho. Tem uma mesa larga com gavetas, uma estante repleta de livros de medicina e um quadro surrealista bem interessante. Há uma poltrona com uma mesa lateral e um tapete felpudo, da cor do sol.

O lugar é um tanto frio, mas nada que alguns porta-retratos não resolvam. A sala é clara, com direito a um janelão de vidro que dá visão para a rua e parte do estacionamento lateral. Gostei daqui. A atmosfera é boa e a vibração energética está leve.

Droga, estou pensando como a minha mãe.

Puxo a cadeira e as rodinhas chiam sobre o piso laminado. Abro o notebook e me conecto à rede Wi-Fi. Na primeira gaveta, encontro as pastas que papai mencionou. Todos os materiais impressos do hospital estão ali.

Passo os olhos sobre o logotipo e algumas ideias começam a pipocar. Está claro que o logo está ultrapassado e precisa de um toque de modernidade, algo bem sutil.

Na segunda gaveta, encontro um calhamaço de folhas A4, canetas e lápis. Inicio um desenho a mão livre. Gosto de criar no papel antes de levar a arte para o computador.

Entretida no trabalho, não percebo o tempo passar. Duas batidas surdas me arrancam do meu mundo criativo. Meu pai entreabre a porta e, com um sorriso, aponta para o relógio de pulso. Caramba, mas já?! Fecho o notebook, pego a bolsa e o sigo para o restaurante.

Nem estou tensa. Como uma hacker extremamente eficiente, vasculhei os arquivos do hospital e encontrei o quadro da escala de plantão dos médicos e funcionários. De acordo com o cronograma diário, Bernardo entrará no turno da noite e Samantha está num congresso no Rio de Janeiro. Foi o que bastou para eu respirar aliviada e almoçar com certa tranquilidade.

— Temos que ser rápidos, tenho uma reunião daqui a pouco. – Meu pai checa o relógio de pulso. – Como está indo o trabalho? – ele questiona, fuçando no purê de batata.

— Tive boas ideias. Acho que você vai gostar do resultado. Ah, e a sala é ótima para trabalhar.

— Fico feliz. – Ele faz uma pausa enquanto mastiga. – E sua amiga Nauane? Quando dará o ar da graça?

— Ela ainda não conseguiu tirar as férias vencidas. Tem muito trabalho nessa época do ano – explico.

— E você, como está? Mais calma depois daquele episódio deprimente em São Paulo?

— Quer saber? – Deixo um sorriso lateral escapar. – Estou ótima e até pensando em ligar para aquele imbecil e pedir desculpas. – Entrelaço os dedos acima da cabeça. Recosto e me equilibro apenas nas pernas traseiras da cadeira, como fazia quando era criança. – Quero mudar a minha vida, esquecer de vez o que passou e as merdas que fiz.

Antes que meu pai responda, o impossível acontece.

Bernardo entra no restaurante e eu não sei dizer o que houve, mas, quando dou por mim, estou estatelada no chão.

Ser bem-sucedido

me cobrir de beijos

rosto angelical

carismático

olhos claros

Me achará linda de qualquer maneira

Ser bem-sucedido

seremos um só, para sempre.

precisa ser lindo

Ele só pensará em mim

romântico ao extre

ntico ao extremo

brir de beijos

rosto angelical

Juntos seremos um só, para sem

olhos claros

Me achará linda de qualquer maneira

sempre.

precisa ser lindo

Ele só pensará em mim

Inteligente, divertido, carismático

me cobrir de beijos

Inteligente, divertido, carismático

olhos claros

rosto angelical

Juntos seremos um só, para sempre.

Me achará linda de qualquer maneira

precisa ser lindo

Capítulo 12

Ser bem-sucedido

romântico ao extremo

Ele só pensará em mim

Deus, mande um raio agora, por favor. Se não me matar, morrerei de vergonha de qualquer maneira. Me trucide!

Estou com as pálpebras cerradas no nível máximo, mas sinto milhões de olhos sobre mim, queimando-me. A cabeça lateja insistentemente, e eu só penso em sumir daqui, evaporar.

Ouço a comoção, cadeiras sendo arrastadas, meu pai tocando meu braço, verificando minha cabeça. Eu quero saltar no tempo, por favor. Talvez ele não tenha visto, é provável que Bernardo nem esteja mais no restaurante. A quem estou querendo enganar?

Arrisco e abro os olhos, vagarosamente.

Merda!

Bernardo está aqui, ao meu lado. Quando finalmente consigo abrir os olhos, ele pergunta se estou bem. Não respondo; a voz simplesmente não sai. Ele não questiona. Puxa algo do bolso do jaleco branco e leva luz para dentro dos meus olhos envergonhados. Checa as pupilas e eu prendo a respiração.

— Pensei que a era de desastres houvesse terminado. – Meu pai me auxilia e eu ergo o tronco. – Mas veja pelo lado positivo: você continua cabeça-dura. Só ganhou um galo gigantesco.

— Tô enjoada – é a única coisa que sai da minha boca.

— Vamos fazer um raio-X, por garantia. – A voz de Bernardo me atira de volta ao passado. – Eu sabia que nosso encontro seria explosivo, mas nunca pensei em algo desse tipo, Melina. – Ele está rindo e eu continuo querendo morrer.

— Olá para você também, Bernardo – rosno e com ajuda do meu velho, estou de pé. Cambaleio e adivinhe só onde vou parar. Com a cara enfiada naquele peito malhado e cheiroso! Ah, Deus, socorro.

— Ei, calma lá. – Bernardo me ampara e por alguns segundos nossos olhares se cruzam. Caramba, quando Espírito disse que ele havia mudado muito, eu não esperava por isso.

Absolutamente ultrajante.

Como um cara franzino e quatro-olhos pode ter se transformado nessa bomba de formas e músculos bem torneados? Não é possível, tenho vontade de esfregar os olhos, como se assim pudesse enxergar outra realidade.

Um tanto ressentida – o porquê disso eu ainda não sei –, tenho que encarar os fatos, por mais absurdos que se apresentem.

Forte, alto, largo, cheiroso, rosto angelical com a barba dourada por fazer, lábios fartos que seduzem como milk-shake no deserto, olhos grandes, esverdeados, vibrantes, sem os tais óculos... ele está gostoso ao extremo!

Não, mil vezes não!

Aquelas mãos enormes tocam meus braços e eu quero correr, mas meus pés estão grudados no chão. Minha voz sai trêmula quando eu o afasto, dizendo:

— Eu estou bem. Não foi nada.

— Acho que deve dar uma olhada nisso. – Meu pai aponta para a minha cabeça latejante. – Bernardo, poderia acompanhá-la? Eu tenho uma reunião importante com o pessoal do convênio, preciso estar no centro em quinze minutos.

O quê????????? Não me deixe sozinha com ele!

— Já disse que estou bem – bufo, exasperada.

— Não me contrarie, Melina. O médico aqui sou eu – meu pai decreta e não estou a fim de entrar num confronto desnecessário.

— Que saco! – reviro os olhos e entrego os pontos.

— Ótimo. – Meu velho dá um beijo estalado em meu rosto e checa minhas pupilas uma última vez. – Qualquer coisa, estou no celular.

Isso não pode estar acontecendo.

Vestido todo de branco, com uma camiseta ajustada ao tórax que deixa entrever somente o necessário para loucas fantasias noturnas, Bernardo segue ao meu lado, guiando-me pelos corredores de médicos, enfermeiras e pacientes.

Eu queria dizer milhões de coisas, mas nada de útil me vem à cabeça. Aliás, melhor mesmo eu ficar calada ou é bem provável que eu confunda as palavras e revele o quanto estou aflita com essa aproximação.

Ele cumprimenta as pessoas conforme vamos passando e eu fico aliviada por não conseguirmos engatar qualquer conversa que seja. Talvez alguém lá em cima esteja complacente com a minha desgraça, amenizando a carga.

Mas isso não dura tempo o bastante.

O operador da máquina de raio-X ainda está em horário de almoço. A sala está vazia, com cheiro de limpeza e um silêncio constrangedor. Bernardo diz alguma coisa sobre pegar um avental de chumbo e eu apenas meneio a cabeça, em concordância.

— A mudança é definitiva? Quando seu pai me contou, resisti a acreditar. – E meu velho se mostra um tremendo fofoqueiro.

— A princípio sim. – Dou de ombros, como se estar sozinha com ele não fosse nada demais. – Isso é mesmo necessário? – questiono, apontando para a máquina. Ele não responde e continua a conversa:

— O que houve, Mel? – Bernardo prende aquele troço pesado sobre meus ombros. – Pensei que estivesse feliz em São Paulo, soube que tinha sido promovida a Diretora de Criação. – Ele faz uma pausa curta. – Não era o que queria?

— Ben, não estou a fim de falar sobre isso – digo, injuriada.

— Desculpe.

Droga, fui ríspida sem qualquer razão.

— Olhe, talvez um dia eu conte o que houve por lá. No momento, quero esquecer, se é que você me entende.

— Perfeitamente. – Ele umedece os lábios de forma sedutora e, sério, acho que o ar está tóxico. Meu corpo amolece, minhas pálpebras estremecem, mordo o canto da boca com desejo. Minha nossa, estou perdendo a sanidade.

Bernardo aponta para a maca gélida e asséptica. Tiro as sapatilhas e me deito, ajeitando a barra da saia. Em outras épocas, esse "ajeitando a barra da saia" seria para revelar as pernas e não o contrário. Mas não sou mais tão biscate assim.

Enquanto ele mexe com destreza no equipamento, rememoro o que houve no passado para culminarmos neste momento. Ele, noivo da minha arqui-inimiga, e eu, sozinha, jogada às traças.

Minha história com Bernardo é complicada, como tudo na minha vida. O primeiro beijo eu já contei, agora a primeira transa realmente foi hilária. Mas, nesse momento, melhor me ater aos fatos com roupas.

Éramos muito jovens e eu não estava a fim de compromisso. Bernardo era um ficante sério, quase um namorado. Estávamos apaixonados e eu não dava o braço a torcer.

Os anos passaram, e, num belo dia, ele chegou com uma aliança de compromisso e um pedido de namoro. Caí do salto, chocada. Não esperava por isso, achei que ele tinha entendido o meu lado.

Hoje, numa autoanálise tosca da minha personalidade, posso afirmar com cem por cento de certeza que fiquei com medo desse envolvimento mais profundo. E outra: eu tinha passado na USP em São Paulo e não cogitava a possibilidade de um namoro a distância.

Queria curtir a vida e viver intensamente. E aquela aliança representava uma prisão, um elo que eu não queria sustentar de jeito algum. Obviamente a briga foi feia, e, naquela noite, saí para a balada com algumas amigas.

Papo vai, cerveja vem, e eu acabei fazendo a maior burrada da minha vida.

Fiquei com o melhor amigo dele, o galinha mais cobiçado do pedaço. Sempre houve certa atração entre nós, e, naquele dia, estávamos travados de tão bêbados. Não pensei nas consequências quando me atirei nos braços do Guilherme.

E foi a partir daí que minha história com galinhas filhos da mãe começou. Estou pagando pelo erro do meu passado, atraindo só tipos como esse para a minha vida. Mas, poxa, já não paguei com juros e correção monetária?

Enfim, a vadia da Samantha viu a cena e correu para contar ao Bernardo. Ele chegou na balada armado apenas com suas mãos grandes e seu corpo franzino. O olhar de ódio dele nunca me saiu da cabeça.

Não fiquei para ver a briga, mas me disseram que o Bernardo arrebentou a cara do melhor amigo. Quanto a mim, fui atrás daquela pilantra da Samantha e destruí seu nariz empinado com um soco que me quebrou dois ossos da mão.

Depois disso, nunca mais me encontrei com Bernardo... até o dia de hoje.

Ser bem-sucedido

me cobrir de beijos

rosto angelical

carismático

olhos claros

Me achará linda de qualquer maneira

Ser bem-sucedido

eremos um só, para sempre.

precisa ser lindo

Ele só pensará em mim

romântico ao extre

ntico ao extremo

brir de beijos

rosto angelical

Juntos seremos um só, para sem

olhos claros

Me achará linda de qualquer maneira

sempre.

precisa ser lindo

Ele só pensará em mim

Inteligente, divertido, carismático

me cobrir de beijos

Inteligente, divertido, carismático

rosto angelical

olhos claros

Me achará linda de qualquer maneira

Juntos seremos um só, para sempre.

precisa ser lindo

Capítulo 13

Ser bem-sucedido

romântico ao extremo

Ele só pensará em mim

Tico e Teco estão em ordem, mas Bernardo prescreveu um comprimido e pediu para que eu fique alerta a qualquer alteração na visão, enjoos, zumbidos no ouvido e dores de cabeça.

Eu poderia ter saído da sala e voltado ao meu trabalho. Mas não. Eu e minha maldita boca gigantesca.

— Como está aquela mimada da Samantha? – Quando vi, já tinha feito a pergunta com um cinismo peculiar.

Bernardo ergue as sobrancelhas grossas e douradas, um tanto surpreso. Em seguida, estreita os olhos esverdeados na minha direção, fuzilando-me.

— Está falando da minha noiva, Melina. É melhor medir suas palavras daqui em diante.

Murcho na hora. O que me deu na cabeça ao fazer uma pergunta dessas? Eu tinha mesmo que dar uma alfinetada? Que droga, estava tudo indo tão bem!

— Me perdoe, Ben. – Engulo com dificuldade. – Então estão mesmo noivos?

— Por que o espanto?

— Sei lá, nunca imaginei vocês dois juntos. – Balanço a cabeça para os lados, nervosamente.

— Quando você foi embora, nós tivemos um caso. – Seguro o ar nos pulmões. – Mas não foi nada sério. Fui estudar em Londres e ela no Rio de Janeiro. – Ele leva as mãos aos bolsos da calça de cintura baixa e eu desvio o olhar. – Voltei há dois anos e retomamos o que ficou pendente. – Silêncio sepulcral. – O Espírito não lhe contou?

— Sobre o caso ou sobre o noivado? – Dou de ombros. – Quer saber? Sua vida amorosa não me interessa, Ben. – As palavras saem queimando.

— Melhor assim.

— Sim, com certeza. – Bufando, arranco a receita de sua mão e saio pisando duro dali.

Bato a porta do meu escritório com força. O único quadro preso à parede tremula em desacordo. Recosto-me na madeira laqueada de branco e vou escorregando o corpo, até dar com a bunda no chão.

Estou furiosa, mas não é só isso. Uma tristeza ácida, uma mágoa irritante começa a tomar forma. Meus olhos estão marejados, o corpo estremece, meus lábios se franzem e eu me sinto péssima.

Droga, estou chorando de soluçar. Amasso a receita e atiro longe, como se isso pudesse fazer eu me sentir melhor. Eu tinha fantasiado esse reencontro de outra forma, não assim.

Em meus pensamentos insanos, o vento estaria forte como em comerciais de xampu e eu caminharia com meu vestido esvoaçante e meus cabelos dourados balançando ao vento. Bernardo estaria lá na frente, hipnotizado. Era assim que eu imaginava esse encontro! E em câmera lenta!

Abano-me com as mãos espalmadas, secando as lágrimas teimosas que caem. Respiro fundo e me aprumo, dizendo ao meu ego destruído que eu me garanto, sou muito mais eu.

Levanto-me e ajeito a barra da saia, alisando os cabelos para trás das orelhas. Barriga para dentro, peito estufado, cara de matadora. Seco uma última lágrima, jurando a mim mesma não derrubar mais nenhuma. Afinal, não há motivo para tanto alarde.

Bernardo é só um cara do meu passado. Tudo bem, reformulando: é só um cara megagostoso do meu passado. E ele cheira a orvalho. E tem uma boca escultural. E seu olhar queima ao toque. E tem um corpo fenomenal, daquele tipo que suspiramos "ô, lá em casa!".

Merda!

Ligo para Nauane pelo Skype. Cinco segundos depois, numa tremenda sintonia, ela atende, já perguntando:

— O que houve? Sério, senti que você estava morrendo e precisava de mim. Já estava com o celular na mão para ligar.

— Ai, Nanie – choramingo.

— O que aconteceu? Me conte tudo.

Nanie é minha melhor amiga no mundo e eu a amo. Ainda assim, arranco gargalhadas dela conforme minha narrativa ganha voz. Ok, sei que sou uma palhaça, mas ela poderia se segurar, não?

Numa irritação desmedida, faço menção de desligar. Nauane segura o sorriso, mas não consegue ficar séria e me aconselhar. Recosto na cadeira com fúria e cruzo os braços, na maior rebeldia.

— Não deve ter sido tão horrível como você contou, dona Rainha do Drama. Aliás, no dia em que escrever um livro, já tem um título. Até vejo, em alto-relevo: *Drama Queen* – a rainha do mimimi.

— Cara, você precisa me levar a sério! – Sacudo o monitor do notebook, como se fosse a própria Nanie quem estivesse na minha frente. – Estou dizendo, esse foi um dos piores dias da minha vida. Eu só fiz merda, falei besteira, fui uma imbecil. Nanie, me mate, por favor.

— Matarei sim, dentro de quinze dias – ela revela para meu alívio imediato. – Finalmente consegui as férias vencidas. Portanto, segure essa sua maré ruim, porque, quando eu chegar, vamos abalar Paraty para sempre.

— Isso se eu não cortar os pulsos até lá. – Cerro as pálpebras, derrotada.

— Cale a boca, Melina. Escute, deve haver algo legal para fazer hoje aí na cidade. Dê uma checada, saia para uma balada com o Espírito. Encha a cara e seja feliz. – Ouço alguém chamá-la. – Droga, eu preciso ir. Mas antes, um último conselho da sua *best friend*: fique longe do Bernardo. – Uma pausa para respirar. – Promete?

— Ok, está prometido.

Ser bem-sucedido

rosto angelical

me cobrir de beijos

carismático

olhos claros

Me achará linda de qualquer maneira

Ser bem-sucedido

seremos um só, para sempre.

precisa ser lindo

Ele só pensará em mim

romântico ao extremo

ântico ao extremo

brir de beijos

rosto angelical.

Juntos seremos um só, para sem

olhos claros

Me achará linda de qualquer maneira

sempre.

precisa ser lindo

Ele só pensará em mim

Inteligente, divertido, carismático

me cobrir de beijos

Inteligente, divertido, carismático

olhos claros

rosto angelical

Me achará linda de qualquer maneira

Juntos seremos um só, para sempre.

precisa ser lindo

Capítulo 14

Ser bem-sucedido

romântico ao extremo

Ele só pensará em mim

Estou terminando de arrumar a zona do meu quarto com a ajuda da vovó. Ela organizou todas as minhas caixas de sapato por modelo e cor. Respiro em alívio quando chegamos ao fim.

Após um banho rápido e uma maquiagem básica, troco de roupa, optando por um vestido descolado. Lanço um olhar triste para minhas caixas de sapato. Suspiro alto e entro em pânico:

— Droga, não tenho nenhuma rasteira legal para combinar.

— Como assim? – minha avó se sobressalta. – Melina, pelo amor de Deus, minha filha!

— É sério, preciso comprar uma rasteira nova – lastimo.

— Sabe o que Freud diria nessa situação? – Ela não espera minha resposta. – Ele diria, com todas as letras, que essa sua fixação por sapatos nada mais é do que o seu eu tentando fincar os pés na realidade, buscando se fixar neste planeta, manter o equilíbrio.

— Uau, agora você foi profunda.

— Querida, o que está acontecendo com você? – Ela me encara, com aquele olhar astuto de quem já viveu de tudo. – Encontrou-se com o Bernardo, não foi?

— Até você, vó? – revolto-me. – Caramba, eu sou tão transparente assim?

Ela me dá uma olhada de cima a baixo, e então um sorriso brinca em seus lábios rosáceos:

— Está mesmo precisando de um solzinho. Você está muito branca, Mel, transparente é pouco.

— Vó! – Como ficar brava com essa pessoa?

— Minha linda, com relação ao Bernardo, só joguei um verde e estou colhendo bem maduro. Esse reencontro não saiu como você esperava? – ela suspira, de forma apaixonada. – Ai, ele está bonitão, não é mesmo?

— Valeu hein, vó? – Balanço a cabeça, inconformada.

Puxo a primeira caixa de sapatos que vejo, bem no alto de uma das pilhas. Essa rasteira branca terá que servir. Deslizo os pés para dentro das tiras e dou uma olhada no espelho de corpo inteiro.

Combinei uma balada leve com o Espírito após o jantar. Segundo ele, é um barzinho pequeno, bucólico, aconchegante, com som ao vivo e uma batida de maracujá dos deuses.

— Volto cedo, beleza? – Dou um beijo na testa suada da vovó.

— Melina, tente relaxar, está bem? Você é muito nova para esse estresse todo, parece que está a ponto de explodir. E tenho medo de que, nessa explosão, você acabe se machucando e aos que estão à sua volta.

— Sábio conselho, vó. – Meus lábios desenham a linha de um sorriso. – Obrigada.

A baladinha se mostra mais agradável do que o esperado. O bar está cheio, a banda toca um rock nacional de qualidade e a companhia não poderia ser melhor.

Adoro conversar com Espírito. Sem trocadilhos, ele pega o espírito da coisa e consegue elevar qualquer astral pisoteado. Meu amigo tem uma aura poderosa, que abraça qualquer um que se aproxime.

Essa batida de maracujá é das alturas, tanto que já estou acima do teor alcoólico recomendado. O riso é frouxo e agora engatamos uma conversa nada a ver, falando sobre a mudança de consciência da humanidade e o fim do mundo Maia que deixou a desejar em 2012.

Espírito é todo ligado nessa coisa de misticismo e eu sempre evitei o assunto a todo custo. Também, pudera: qualquer aroma de incenso ou penduricalhos esotéricos lembravam a minha mãe. A paranoia passou, mas ainda há um resquício de raiva bem guardado no fundo do meu eu.

— Vamos dançar. – Ele empurra a cadeira e se levanta, estendendo-me a mão.

Você, que está lendo isto, não se espante. Espírito é gay.

— Sabe que não sei dançar e vou pisar no seu pé.

— Ah, vamos nos divertir, Melina!

— Certo, mas eu avisei.

O rock nacional dá lugar ao forró, e eu odeio esse ritmo com todas as minhas forças. Felizmente, com álcool na cabeça, tudo é lindo. Nesse caso, atrelo-me a Espírito, ali na calçada mesmo, e começamos a dançar como boa parte dos casais. Massacro seus pés e ele apenas ri, como se estivesse blindado. Para a sorte do meu amigo, não estou de salto.

Três músicas depois, estamos suados, cansados e rindo sem controle. Um tanto cambaleantes, voltamos à mesa, pedindo agora uma rodada de caipirinha com pinga.

— Droga, Mel. – Espírito baixa a cabeça e franze os lábios. – Não olhe para trás.

— O que foi? – exalto-me.

— Prometa não olhar.

— É ele, não é? – Fecho os olhos, maldizendo minha sorte.

— Merda, ele me viu. – Espírito começa a narrar a aproximação. – Está vindo para cá e se prepare, porque ele não está sozinho.

— Que saco! Ela não estava num congresso?

— Congressos não duram a vida toda, Melina. – Espírito se levanta, alegremente. – Ei, Ben! Como está, cara?

— E aí, meu amigo? Tudo bem com você?

Minha garganta se fecha e eu viro o restante da caipirinha numa golada só. Meus ossos estão congelados e minhas extremidades esquentam de nervoso. Tem algo dentro do meu estômago se remexendo. Não são borboletas, está mais para um bando de morcegos vampiros.

Não sei se ele havia me visto, mas, agora que seus olhos esverdeados estão sobre mim, noto certo desconforto. Não me mexo, nem penso em levantar daqui. Do jeito que estou, é bem capaz que eu caia de cara no chão. Divertido, não?

Cumprimento Bernardo com um aceno de cabeça e ele faz o mesmo. Então, desvio o olhar para aquela baranga agarrada ao braço dele. E não é que a cirurgia plástica ficou excelente? Como assim a filha da mãe ficou mais bonita? Eu me odeio!

Samantha está alta, usando saltos impossíveis para Paraty. Seus anos de balé lhe conferem aquela postura ereta, clássica, digna das divas. Os cabelos estão hipercompridos, castanhos e ondulados nas pontas. Os olhos cor de mel se fixam na minha pessoa e eu estou morrendo de vontade de falar um tremendo palavrão.

— Como vai, Melina? Há quanto tempo, não? – A voz dela perfura os meus tímpanos.

— Como está, Samantha? – Entro no jogo e lanço meu melhor sorriso falso.

— Soube que veio para ficar, é verdade?

— Tudo é possível. – Tento cortar o papo, mas ela continua:

— Nesse caso, mandarei um convite para a pousada. – Ela checa as unhas cor de fogo e estreita os olhos na minha direção. – Ben e eu nos casaremos dentro de algumas semanas e adoraríamos a sua presença.

Puta que pariu!

E não é que a provocação da biscate funciona? O chão acaba de sumir debaixo dos meus pés. Meus olhos correm para Espírito e noto que meu amigo está tão abismado quanto eu. Bernardo limpa a garganta e o momento tenso se desfaz, como que por encanto.

— Se eu ainda estiver por aqui, será um prazer – forço-me a responder.

— Ótimo! – Ela se agarra mais firme ao braço de Bernardo, dando-lhe um selinho no canto dos lábios. – Vamos, querido?

Um tanto embaraçado, Bernardo alisa a franja para trás, de maneira nervosa. Seus olhos se atiram dentro dos meus por poucos segundos e é o bastante para me deixar em chamas. A mimada cutuca sua barriga e ele parece acordar de um sonho particular, apressando-se em se despedir:

— Nos vemos por aí, até mais.

me cobrir de beijos

Inteligente, divertido, carismático

rosto angelical

olhos claros

Me achará linda de qualquer maneira

Juntos seremos um só, para sempre.

precisa ser lindo

Ser bem-sucedido

romântico ao extremo

Ele só pensará em mim

Capítulo 15

E a noite que estava incrível culminou numa perfeita catástrofe novelesca.

Enchi a cara, entornei o caneco, enxuguei como uma toalha e outros ditados de bebuns. Espírito nem tentou me conter, pois sabia que de nada adiantaria. Deixou que eu me afundasse no álcool e foi um amigo bem prestativo. Disse palavras de consolo e me ajudou a xingar a vadia.

No retorno para a pousada, cambaleando por ruas estreitas, sendo amparada por Espírito, minha rasteira branca literalmente me passou uma rasteira daquelas. A ponta dourada fincou numa fenda do calçamento e eu fui de cara no chão. Por sorte, fiquei sóbria por tempo suficiente para ralar apenas os dois joelhos e uma das mãos, já que meu amigo segurava bem firme a outra. Ele não teve reação para nada, seu reflexo estava bem comprometido. É por essas e outras que vivo dizendo que vou parar de beber.

Lembro que comecei a chorar e rir ao mesmo tempo, totalmente surtada. Espírito ajoelhou-se ao meu lado e me deu um caloroso abraço, tão necessário naquele instante.

— Por que estou me sentindo assim? – perguntei, num lufo alcoólico.

— Não sei, Mel. Acho que você não estava preparada para ver o Bernardo com outra pessoa. Ainda mais sendo quem é.

— Eu não estou me entendendo.

— Ninguém a entende. Mas, olhe, eu estou aqui, sua família ama você e logo a Nauane chegará. Você nunca estará sozinha, eu prometo. – Espírito estava com a voz meio molenga, mas entendi suas palavras de conforto. – Venha, eu ajudo você.

Entre mortos e feridos, chegamos salvos à pousada.

Essa ressaca vai me matar.

Tem um galo enorme crescendo na minha cabeça, meus joelhos ardem, a palma da minha mão direita está em chamas… o que mais pode acontecer? Desde que reencontrei Bernardo, levei dois baita tombos. Por sorte, ele não viu o segundo acontecer.

Estou no hospital, trancada no meu escritório, montando a apresentação para a administração. Tenho boas ideias para a revitalização da marca e também algumas sugestões quanto aos materiais impressos e à papelaria básica.

Mas essa dor de cabeça dos infernos não me deixa pensar com clareza. Checo a bolsa mais uma vez, irritada por não encontrar qualquer remédio que seja. Só então a ficha cai e eu dou com a testa no teclado do notebook.

Como sou estúpida! Isto aqui é um hospital, não? Impossível não terem um analgésico, uma dipirona, ou quem sabe seria melhor um Gardenal ou um Diazepan bem de leve na veia. Vou enlouquecer com esse sambão dentro da cachola!

Afasto a cadeira e me levanto, sentindo um enjoo surgir lá dos recônditos do meu estômago revirado. Eu tinha mesmo que encher a cara daquele jeito? Quando vou aprender a me controlar?

Destranco a porta e saio para o corredor, na esperança de cruzar com alguma enfermeira gente boa pelo caminho. É só um comprimido, nada demais. Vou me arrastando, tateando pelas paredes, a visão ficando turva e então… sei lá o que houve.

Escuto palavras soltas no ar.

Tem algo gelado passeando pelo meu peito.

Agora acho que furaram o meu braço.

Meus olhos começam a se abrir, vagarosamente.

E, então, a visão do Paraíso.

— Eu morri? – balbucio.

— Ainda não. – Reconheço aquela voz, mas de onde mesmo?

É um anjo, só pode ser. Ele veio me buscar, envolto por uma aura prateada, uma luminosidade que me cega. Ah, como ele é lindo. Está tocando harpa? Hum, não se parece com um instrumento musical. Espere aí, é um estetoscópio! Droga, estou no hospital!

Ergo o tronco num sobressalto. Duas mãos grandes entram em cena, pedindo que eu me acalme e volte a deitar. Obedeço, mas não sem resistir um bocadinho.

— O que aconteceu? – apresso-me em questionar.

— Eu é que pergunto. Seu exame de sangue ainda não chegou, mas não precisa ser nenhum Espírito para adivinhar o resultado. Quanto você bebeu ontem e desde quando não se alimenta?

— Droga, Bernardo, faça perguntas fáceis. – Só então me dou conta do meu braço furado. – Que merda é essa que vocês injetaram aqui?

— Soro e um coquetel. Vai ajudar a curar essa ressaca.

— Quem aqui está de ressaca? – pergunto, indignada.

— Seu hálito a denuncia. – Ouço o arranhar de um banco sendo arrastado. Bernardo toma assento, fixando meu olhar. – Pensei que tivesse mudado, Melina.

Não digo nada, fecho-me em copas. Aquela última frase doeu e não tenho defesas para tal afirmação. Bernardo tem razão: eu continuo a mesma inconsequente de tempos atrás. Enquanto todos evoluíram, eu ainda sou aquela adolescente babaca que pensa erroneamente que a vida é um parque de diversões. Também acredito que sou a Mulher Maravilha e posso tudo, sem qualquer regra.

— Mel, não estou recriminando você. – Ele toca meu pulso e eu estremeço. – Mas precisa crescer, já está mais do que na hora. – Bernardo gira minha mão direita. – Onde conseguiu esse ferimento? E o dos joelhos?

— Foi um acidente idiota. – Meu tom de defesa está no *mode on*.

— Eu cuido disso para você.

— Uma enfermeira pode fazer isso – rebato.

— Ainda assim, eu farei.

Ser bem-sucedido

me cobrir de beijos

rosto angelical

carismático

olhos claros

Me achará linda de qualquer maneira

Ser bem-sucedido

remos um só, para sempre.

precisa ser lindo

Ele só pensará em mim

romântico ao extrem

ântico ao extremo

brir de beijos

rosto angelical

Juntos seremos um só, para semp

olhos claros

Me achará linda de qualquer maneira

empre.

precisa ser lindo

Ele só pensará em mim

Inteligente, divertido, carismático

me cobrir de beijos

Inteligente, divertido, carismático

olhos claros

rosto angelical

Me achará linda de qualquer maneira

Juntos seremos um só, para sempre.

precisa ser lindo

Ser bem-sucedido

romântico ao extremo

Ele só pensará em mim

Capítulo 16

— Qual o nome dele?

Bernardo faz a pergunta enquanto gemo baixinho. Ele desliza a gaze suavemente sobre meus joelhos e o antisséptico geladinho causa um conforto imediato. A pergunta ecoa e meu cérebro faz a busca. Caramba, qual o nome daquele filho da mãe do meu ex-chefe e ex-namorado? Não consigo me recordar!

Não é possível, estou com algum problema neurológico sério. Esforço-me a lembrar e entro em pânico com essa pane generalizada. Mas, então, o nome daquele indivíduo é sussurrado pelo meu ego agonizante: Roger.

— Por que acha que alguém é responsável por minha decisão de voltar para Paraty? – rebato.

— Foi só uma coisa que me passou pela cabeça. Não acho que sua mudança tenha a ver com consciência pesada ou filantropia. – Seus dedos acariciam meu joelho direito. Será que ele se deu conta disso? Não digo nada, adoro os choques elétricos que percorrem meu corpo neste exato momento.

Olhos nos olhos. Ele aguarda que eu responda.

— Roger é o nome dele.

— Hum. – Então, ele percebe o que está fazendo e tira as mãos das minhas pernas apressadamente. – Deixe-me ver sua mão.

Meu punho cerrado se abre, com a palma voltada para cima. Bernardo faz a mesma manobra, borrifando o antisséptico e limpando o local com a gaze. Solto outro gemido involuntário e ele me encara, inquisidor:

— Esse cara deve ter feito algo de muito grave.

— Talvez. – Viro o rosto, desviando-me de seu olhar profundo. Poucos são os que conseguem ler a minha alma, meus pensamentos. Bernardo definitivamente é um deles e eu não quero correr o risco. – Mas eu já esqueci, fique tranquilo.

Ele fica pensativo por algum tempo. Não quero falar sobre meus flagelos com ele, aliás, deixei isso bem claro ontem. Mas, então, o assunto muda drasticamente e ele inicia:

— Quanto ao convite da Samantha...

Não deixo que ele conclua a frase.

— Não há com o que se preocupar; não vou aparecer no seu casamento. Se é por esse motivo que está aqui me bajulando, pode ficar sossegado. – Uma fúria insana se instala na boca do meu estômago.

— Não era bem isso o que eu iria dizer.

E o que era, então? Ah, quer saber? Não estou a fim de descobrir.

— Por favor, posso ir agora? Tenho trabalho a fazer e já me sinto bem melhor.

— Espere o soro terminar. Depois disso, estará liberada. – Ele faz menção em me dar as costas e sair, mas então, petrifica no lugar. Parece indeciso, como se precisasse dizer mais alguma coisa. – Por que não me contou sobre a universidade em São Paulo? Soube da sua mudança dias depois, quando fui até a pousada procurar por você.

— Foi me procurar? – Ok, ele consegue cem por cento da minha atenção e boas doses de culpa reprimida resolvem esmagar meu peito.

Ben está de cabeça baixa e umedece os lábios, numa tensão que parece estar crescendo. Espero, ansiosa, que ele continue. Ajeito-me na maca para ouvir melhor.

— Achei que pudéssemos nos entender. – ele morde o lábio com uma sensualidade que me deixa sedenta de repente. – Como sempre, eu estava enganado.

— Pensei que não quisesse mais me ver depois do que eu fiz.

— Eu também pensei. – Ele parece engolir em seco, e seu semblante denota que está nervoso com o rumo dessa conversa. – Você deveria ter ao menos se despedido. Não fui qualquer um na sua vida, por mais que seus atos digam o contrário. – Ele faz uma pausa e eu estou sem ar. – Sei que fui importante para você, por mais que negue isso.

Eu quero chorar. Cortar os pulsos. Me afogar numa privada malcheirosa. Meu cérebro formula milhões de respostas, mas nenhuma delas ganha voz. Bernardo se antecipa antes que eu diga qualquer coisa.

— Eu realmente pensei que tivesse superado essa rejeição. – Ele sorri, laconicamente. – Quer saber? Esqueça essa nossa conversa, são águas passadas.

— Bem turvas – murmuro.

— E tempestuosas – ele completa.

— Doutor? – Uma enfermeira aparece do nada. – Um garoto acaba de dar entrada na emergência. Fratura exposta após uma queda de bicicleta.

— Já estou a caminho. – Ele responde e seu olhar se atira dentro do meu. Vejo angústia e outro sentimento que não identifico. – Assim que seu soro terminar, aperte esse botão e a enfermeira virá retirar, está bem?

— Hum, hum.

— Qualquer mal-estar, peça para chamarem o Doutor Mazer. – Ele já está de saída quando eu digo:

— Me perdoe, Ben. Eu não sabia o que estava fazendo.

Bernardo está parado à porta, com a respiração ofegante e os lábios entreabertos, em dúvida. O olhar está cravado no chão e ele parece pensar no que dizer a seguir.

Não há nada a ser dito. Tanto que, sem me dirigir o olhar ou se despedir, sai apressado pelas portas vaivém da sala de observação.

Ser bem-sucedido

me cobrir de beijos

rosto angelical

carismático

olhos claros

Me achará linda de qualquer maneira

Ser bem-sucedido

seremos um só, para sempre.

precisa ser lindo

Ele só pensará em mim

romântico ao extremo

ntico ao extremo

brir de beijos

rosto angelical

Juntos seremos um só, para sem

olhos claros

Me achará linda de qualquer maneira

empre.

precisa ser lindo

Ele só pensará em mim

Inteligente, divertido, carismático

Capítulo 17

— Soube do seu papelão no hospital. Dê graças a Deus por eu estar fora da cidade ou você levaria uma bronca digna de um Oscar. – Meu pai está furioso do outro lado da mesa de jantar. Meus avós estão calados, olhando para seus pratos.

— Desculpe, pai.

A fofoca corre solta em Paraty. Esse é o problema das cidades pequenas, e foi um dos motivos pelos quais optei por me mudar. Nada passa despercebido, não há onde se esconder.

Meu pai tem razão, foi um papelão. Para quem gostaria de passar uma imagem profissional, de uma mulher bem resolvida, ferrei com tudo na primeira oportunidade.

O jantar transcorre sob um silêncio aterrador. Ajeito-me na poltrona, desconfortável com a situação. Pedi desculpas, mas não sei se surtiu algum efeito. Meu velho está muito puto e eu não ouso dizer mais nada para inflamá-lo.

Mas, então, ele deixa os talheres caírem ruidosamente sobre o prato e seu olhar me invade, como um tsunami mortal.

— Tomei uma decisão, Melina. A partir de amanhã, você começará a trabalhar com os seus avós aqui na pousada. Não quero mais os seus serviços, portanto não dê as caras lá no hospital.

— Pai! – Levanto-me, boquiaberta. Parto em minha defesa, mas ele não quer escutar meus argumentos.

— Já decidi. No hospital você não trabalha mais.

— Eu estou com o projeto pronto, fiz um ótimo trabalho! Por favor, pai, me dê mais uma chance.

— Não! Estou cansado, Melina. Juro por Deus, pensei que sua estada em São Paulo tivesse mudado essa sua cabeça oca. Você me decepcionou e muito. – Ele se levanta e caminha na minha direção, estendendo-me um envelope com o logotipo do hospital. – Eis aqui o resultado do seu exame de sangue. Com o nível de álcool encontrado no seu sangue, fico surpreso por você não ter entrado em coma.

Pego o envelope com a mão trêmula e meu pai sai da sala de jantar, deixando-me sozinha com meus avós. Meu corpo cai pesado sobre a poltrona e meus olhos ficam marejados de imediato.

Eu o decepcionei, de novo.

— O que acha de darmos uma volta? – Meu avô limpa os lábios e deposita o guardanapo de linho branco sobre a mesa.

— Não estou a fim de conversar, vô – respondo, infeliz.

— Sem problemas. – Ele arrasta a poltrona e se levanta. – Ainda assim, não gostaria de conduzir este velho numa caminhada para digerir essa comida toda? Adoraria a companhia da minha neta.

Busco o olhar da vovó. Ela me lança um sorriso contido e balança a cabeça, pedindo que eu vá. Suspiro alto e não tenho como recusar. Aceito, um tanto relutante, esse passeio.

Caminhamos a esmo, num silêncio reconfortante. Meu avô anda vagarosamente e eu tento acompanhar seus passos imprecisos. A noite já caiu faz algum tempo e uma lua esplêndida nos banha com sua luz dourada e um tanto sentimental. Adoro as noites de lua cheia em Paraty, me lembram aquele luau, do beijo que saiu errado.

Vejo um cara correndo sem camisa em nossa direção. É um moreno alto, bonitão, com ares de atleta. Reconheço-o de algum lugar do meu passado. Quando se aproxima, noto que também me reconhece. Ele diminui o passo e seu rosto estampa uma real surpresa.

— Melina! Que bons ventos a trazem?

— Oi, Guilherme. Estou de volta. – Aliso os cabelos dourados para trás das orelhas.

— Para ficar?

— É bem provável – respondo, sem muita certeza na voz.

— Poxa, que notícia bacana. – Ele olha para o meu avô e o cumprimenta. – Caramba, Mel, faz muito tempo, não?

— Uns dez anos, eu acho. – Meu sorriso é forçado. – Ainda morando aqui?

— Acabei voltando quando herdei o bar do meu velho. Lembra do lugar? – Confirmo com a cabeça. – Quando estiver de bobeira, dê uma passada por lá. Cerveja por conta da casa.

Meu estômago dá *loopings* afetados quando penso em álcool.

— Pode deixar, Gui.

— E cara, uau, você continua linda. – Ele morde o lábio e me dá uma geral com os olhos. – Bom ver você, Mel. E boa noite, seu João.

— Boa noite, Guilherme.

O saradão volta para sua corrida noturna e eu tenho a sensação de que, agora que o silêncio foi quebrado, meu avô tomará as rédeas da situação. Dito e feito. Ele inicia um sermão daqueles, onde, depois do tapa, assopra o local.

Meu avô tem razão em cada palavra proferida. Escuto pacientemente seus conselhos e entramos num acordo. Provarei ao meu pai que cresci, que sou digna de sua confiança. Como farei isso? Rá, eu também adoraria saber.

Quanto ao Guilherme, não senti absolutamente nada ao vê-lo. O cara está o maior gato, como sempre foi. Mas não passa disso, nunca passou. Ainda não sei onde eu estava com a minha maldita cabeça.

Voltamos para a pousada e estou jogada na cama, colocando Nauane a par dos últimos acontecimentos tenebrosos. Sério, não sei como ela aguenta minhas lamúrias frequentes. Mas, seja o que for, lá está ela, sempre pronta para me detonar e, logo em seguida, aconselhar-me como só uma melhor amiga pode fazer.

Ser bem-sucedido

rosto angelical

me cobrir de beijos

carismático

olhos claros

Me achará linda de qualquer maneira

Ser bem-sucedido

seremos um só, para sempre.

precisa ser lindo

Ele só pensará em mim

romântico ao extremo

ntico ao extremo

obrir de beijos

rosto angelical

Juntos seremos um só, para sem

olhos claros

Me achará linda de qualquer maneira

sempre.

precisa ser lindo

Ele só pensará em mim

Inteligente, divertido, carismático

me cobrir de beijos

rosto angelical

Inteligente, divertido, carismático

olhos claros

Me achará linda de qualquer maneira

Juntos seremos um só, para sempre.

precisa ser lindo

Capítulo 18

Ser bem-sucedido

romântico ao extremo

Ele só pensará em mim

Alguns dias se passaram.

Meu pai conversa comigo apenas o necessário e eu finjo não estar ressentida. Sei que mereci ser demitida do meu emprego temporário, afinal não fiz jus à confiança que ele depositou em mim.

Dois casais de turistas canadenses chegaram hoje à pousada e estão apenas de passagem. Nesses dois dias de visita a Paraty, solicitaram ao meu avô uma intérprete, alguém que conheça a cidade. Óbvio que fui escalada para servir de babá e aceitei prontamente. Meu inglês é aceitável e eu conheço essas paragens como poucos.

Faremos um tour pela cidade histórica amanhã e, hoje, sairemos num passeio de lancha pelas ilhas mais famosas. Os gringos curtiram o meu roteiro, principalmente o almoço num restaurante típico, situado numa aldeia de pescadores longe o bastante da costa.

Estou com a mochila a tiracolo: toalha de praia, protetor solar fator 60, um borrifador de água termal para o rosto, barrinhas de cereal, um cantil com água, spray para manter os insetos bem longe, uma troca de roupas e outros apetrechos de primeira necessidade.

— Soube que uma tempestade se aproxima. Fique de olho no horário. – Meu avô adverte. – De acordo com a meteorologia, deve chegar a Paraty no fim da tarde.

— Certo. Mas fique tranquilo, estarei com o Guigo. Se o tempo fechar, ele saberá o que fazer.

Guigo é um amigo de longa data dos meus avós. Tem uma lancha charmosa para passeios com turistas endinheirados. Seu pai é dono do restaurante no qual faremos a parada para o almoço. Aliás, meu avô passou um rádio para lá, fazendo o pedido de antemão. A truta demora algumas horas para atingir o ponto certo, e, quando chegarmos, estará pronta para ser servida.

O dia está lindo e eu acho que não vai cair tempestade alguma. A lancha Oceanic de 32 pés, com popa longa, reluz de tão limpa. Está repleta de engradados de cerveja, água e vejo também alguns destilados na cabine de comando, que, aliás, está toda reformada, com um novo sofá florido de quatro lugares.

Guigo nos apresenta as outras duas cabines. A principal possui uma cama de casal e um guarda-roupa embutido. A outra mantém dois beliches e mais nada. A cozinha é bem equipada, mas tão pequena que só cabe uma pessoa por vez. É lá que encontro sua esposa Michele, preparando camarões graúdos empanados. O cheiro me faz salivar.

Meu inglês colocado em prática até que não soa ruim. Entendo perfeitamente o que dizem e não preciso me esforçar muito nas respostas. Engatamos uma conversa inteligente sobre as desigualdades sociais no Brasil. Esse é um assunto controverso, que não se esgotará tão cedo. Sendo assim, abro uma garrafa d'água – resolvi parar de beber para sempre – e me sento na proa, debatendo as possíveis causas e as soluções para este país, que, na minha opinião, ainda é o melhor lugar do mundo para viver.

Chegamos a Ilha Grande após um trajeto de quase uma hora e meia. Esse é um dos pontos altos do passeio, afinal os gringos enlouquecem com a natureza e as histórias deste lugar, que já foi refúgio de piratas, hospital de quarentena e também abrigou um presídio de segurança máxima, assim como Alcatraz. Se não me engano, a colônia penal foi desativada em meados de 1994 e, então, aberta ao público para visitação.

Reserva da Biosfera da Unesco desde 1992, esta ilha é rodeada por cem praias de areias branquinhas e águas verdes translúcidas, recoberta por quilômetros de Mata Atlântica protegida.

Não há estradas por aqui, portanto os carros são proibidos. Este é um daqueles lugares bucólicos, onde as pessoas nem têm relógios ou celulares. É como uma viagem no tempo, algo que eu adoraria fazer para quem sabe consertar os milhões de burradas ao longo da vida.

Após a visitação, partimos para o almoço numa pequena aldeia de pescadores a poucas milhas náuticas daqui. O sol está a pino e meu protetor solar não dá conta do recado. Coloco um chapéu sobre a cabeça e fecho os olhos, deixando-me devanear através do forte vento ocasionado pela velocidade da lancha.

O almoço estava divino, como sempre. Os gringos estão embasbacados com as inúmeras possibilidades neste país gigantesco, rodeado de belezas naturais impossíveis de serem reais.

Os dois casais de canadenses devem ter a minha idade, talvez um pouco menos. São divertidos e as horas estão passando bem rápido; aliás, assusto-me quando Guigo diz que já são cinco da tarde.

Nesse momento, um raio rasga o céu em duas partes.

Nos entreolhamos, em dúvida. Temos uma hora e quarenta minutos de mar para chegarmos a salvo à costa. Guigo entra em contato com a Capitania dos Portos e somos pegos de surpresa quando dizem que o mais sensato é permanecermos na ilha até a tempestade passar.

Só me faltava essa.

Passo um rádio para a pousada e sou repreendida de imediato pelo meu avô. Ele berra do outro lado, dizendo que havia me avisado para ficar ligada no horário. Caramba, eu me distraí, só isso.

— Agora se vire e arrume um lugar para essa turma ficar. Converse com o pai do Guigo, deve haver alguma casa desabitada para passarem a noite. Câmbio.

— Vô, nem pensar em dormir aqui! Câmbio.

— Melina, nem cogite a possibilidade de voltarem à noite. Se fizer isso, darei umas boas palmadas nessa sua bunda. Câmbio final.

Merda!

E então, entre lamentações resignadas, eis que alguém entra no restaurante, completamente ensopado. A chuva cai aos montes do lado de fora, nem imagino o que ele esteja fazendo por essas bandas.

Capítulo 19

Engulo o ar com dificuldade. Acho que estou tendo uma parada cardíaca. Meu corpo estremece e sinto como se a pressão tivesse caído juntamente com a temperatura.

Bernardo está estonteante, vestido todo de branco, e sua camiseta, agora transparente, cola-se ao tórax de maneira inoportuna. Joga os cabelos molhados de lado e eu estou quase desfalecendo com o gesto altamente sedutor.

Ai, droga, estou arfando.

Nossos olhares se cruzam em meio a nuvens elétricas. Seu semblante espantado denota que também não imaginava me encontrar por aqui, ilhada. Relâmpagos iluminam a escuridão do início da noite. O gerador está funcionando ruidosamente, e só por esse motivo temos alguma claridade.

Ben e Guigo iniciam uma conversa ao longe. Assim como nós, está óbvio que ele também foi pego desprevenido e está preso. Uma curiosidade começa a latejar por mais detalhes, mas me seguro no lugar.

— Arrumaremos um lugar para passarem esta noite – a mãe do Guigo inicia, entrando no meu campo de visão. – Temos uma casa fechada ao lado da nossa. É pequena, o gerador está quebrado, mas é melhor do que nada. Tem uma suíte grande e uma cozinha mínima, mas colchões não faltam.

Dou uma boa olhada para a tempestade que despenca do lado de fora do restaurante. Realmente não há outra saída, teremos que ficar por aqui até amanhã.

— Obrigada, Mercedes. Pelo visto, não é seguro ficarmos na lancha – suspiro vagarosamente. – E não se preocupe com mais nada, nós nos viramos.

— Vou preparar algo para comermos e então subimos para dar uma ajeitada nas coisas. Devo ter velas em algum lugar por aqui.

Sigo-a até a cozinha e ajudo com o jantar. Vez ou outra dou uma bisbilhotada no salão, apenas para confirmar que Bernardo ainda está lá. Numa dessas olhadelas, flagro-o me encarando. Ele desvia rapidamente o olhar e eu acabo de sorrir, satisfeita.

E a chuva não dá trégua.

O jantar foi servido e não troquei palavras com Bernardo. Estava atarefada demais, indo e vindo da cozinha a todo o momento. Quando faço menção de lavar as louças e panelas, as canadenses não permitem, assumindo os afazeres. Agradeço e tiro o avental, pendurando-o próximo ao fogão.

Os caras se juntaram ao redor de uma mesa e o pôquer está rolando solto, com direito a apostas e tudo o mais. Passo por eles a caminho da varanda, lançando um olhar furtivo para Bernardo.

O cheiro da chuva é delicioso. Apoio a lateral do corpo numa grossa pilastra de madeira e assisto ao espetáculo elétrico. Adoro tempestades como essa, são tão parecidas comigo... imprevisíveis.

Sinto uma aproximação. Pelo aroma de orvalho que encanta meus sentidos, já sei de quem se trata. Não me viro para fitá-lo. Continuo ali, estática, absorvendo os ares noturnos e aquela entorpecente brisa marítima.

Bernardo escora as mãos no parapeito de madeira ao meu lado. Meu coração se descontrola, assim como a respiração. Não quero que ele perceba o quanto mexe comigo, e, por isso, resolvo começar a falar para disfarçar:

— O que veio fazer na ilha? – Giro o pescoço e preciso olhar para cima, a fim de encará-lo nos olhos.

— Lembra do garoto que deu entrada no hospital? Aquele com fratura exposta? – Meneio a cabeça, afirmativamente. – Pois então, hoje é meu dia de folga e vim para uma visita domiciliar. Seu pai comprou um barco para consultas desse tipo, totalmente gratuitas. Apesar de sermos um hospital particular, ele não abre mão de atender parte da população carente. Esse é o diferencial dele. Seu velho é realmente um homem no qual vale a pena se espelhar.

— Uau. – O que dizer depois dessa explanação romântica e um tanto utópica? Meu pai sempre fez o tipo super-herói dos fracos e oprimidos, mas eu não sabia até que ponto isso era verdade. Um tanto orgulhosa do meu velho, sorrio numa alegria incontida. – Nenhuma boa ação fica impune. – Acabo de citar Clare Boothe Luce, apontando para o céu tempestuoso.

— Exatamente. – Ele me lança um meio sorriso. – Agora estou preso aqui após minha boa ação do dia.

Ficamos calados por tempo indeterminado. Volto a fitar o céu, com seu espetáculo pirotécnico a lançar raios prateados pela escuridão. Penso em algo para dizer e reinicio a conversa:

— Encontrei o Guilherme.

— Ele me disse – Bernardo revela.

— Ele disse? – Fico surpresa. – Pensei que a amizade tivesse terminado.

— Por algum tempo, apenas. Mas acabamos nos entendendo, as mágoas foram esquecidas. De nada adianta ficar remoendo o passado. – Sinto uma alfinetada nessa afirmativa.

— Legal pensar assim. – Traço círculos invisíveis no chão com a ponta do meu chinelo.

— Ele é um cara legal e ainda está solteiro.

O que Bernardo está tentando dizer com isso? Perplexa e ofendida, lanço um olhar matador em sua direção. Ele recua quando nota que estou prestes a explodir.

— O que está fazendo? Tipo, dando uma de cupido, é isso? Eu e o Guilherme não temos nada a ver, aliás, nunca tivemos. O que aconteceu há dez anos não foi nada além de um grande erro. Então, por favor, nem pense em algo assim.

— Foi um erro? – ele questiona, com uma carinha de cão sem dono que me derrete por dentro. Mas continuo durona, cruzando os braços sobre o peito.

— Sim, um grande e gravíssimo erro. – concluo, numa certeza que se espalha pela varanda quando o silêncio recai novamente.

Munidos de alguns guarda-chuvas, subimos por degraus cimentados até o casebre mais à frente. Dormiremos os seis no único quarto disponível. O fato é estranho por si só. Não conheço esses canadenses e estou pouco à vontade com a situação. Para minha sorte, não estou sozinha.

Jogamos vários colchonetes sobre o chão de lajotas vermelhas. Os gringos não estão nem aí com as péssimas condições e acabam caindo em qualquer lugar, adormecendo quase que de imediato.

Pego minha mochila e vou para o único banheiro do lugar. Tomo uma ducha gelada, já que não temos eletricidade. Visto roupas limpas e, por sorte, lembrei de pegar meu nécessaire com escova de dentes, pasta e fio dental. Vasculho à procura do pente e o encontro junto com o meu desodorante.

Infelizmente, não há sala e a cozinha é pequena demais para um colchão. Nesse caso, desisto de encontrar qualquer saída para a situação na qual estou metida.

Quando chego ao quarto, noto que o único lugar vago é ao lado do Bernardo. Ele ainda está acordado, com o peitoral descoberto e as mãos atrás da cabeça. Fita o teto, como se estivesse enxergando através da estrutura.

Há uma vela acesa. Ela tremula com o ar úmido que entra pelas frestas da janela. Estou congelada no lugar, sem saber o que fazer. Se ele percebe minha intranquilidade, não diz absolutamente nada.

Os canadenses já estão em sono profundo quando deixo minha mochila sobre uma cadeira. Tiro os chinelos e caminho sem fazer barulho até o colchão recostado na parede lateral.

Só então Bernardo se dá conta da minha presença.

— Quando acordei esta manhã, nunca poderia imaginar que o dia terminaria assim – ele murmura.

— Sei o que quer dizer – sussurro em resposta.

— A água do chuveiro está muito fria?

— Glacial.

— Ótimo, estou precisando. – Ele se levanta em direção ao banheiro, lançando um último olhar na minha direção antes de sumir através do umbral.

Os únicos dois lençóis disponíveis, cedemos para as gringas. Eu disse que o frio é psicológico e elas acabaram aceitando de bom grado. Psicológico uma ova! Estou tremendo, e, quando Bernardo volta ao quarto, me encolho no cantinho, fechando bem os olhos.

Estou vestindo uma regata branca e um short jeans por cima do biquíni. Sinto os pelos do corpo arrepiados. Não há cortinas na janela, e a brisa gélida entra com tudo, bem às minhas costas. Será uma noite longa e difícil, pelo visto.

Escuto quando Ben apaga a chama da vela com um sopro. Ouço quando se deita ao meu lado e se espalha. Nossos colchonetes estão separados por uma distância de apenas alguns centímetros.

— Sei que está fingindo.

— Não estou. Apenas quero dormir – respondo, acima do retumbar de um trovão.

— Está com frio? – ele pergunta num sussurro.

— O que acha? – rebato, levemente irritada.

O barulho da chuva sobre o telhado é ensurdecedor. É como se milhões de pregos estivessem martelando na minha cabeça. E tem esse vento gelado, que corta minhas costas, me causando calafrios.

Sobressalto-me quando sinto seu braço se esticar sob meu pescoço. Os colchões agora estão unidos, e, quando dou por mim, minha cabeça está aninhada em seu peito cheio de pelos e músculos bem trabalhados.

Agora ferrou de vez.

Minha mão esquerda resolve ter vida própria e, contrariando todos os meus comandos mentais, se aconchega sobre aquele tórax de pele macia e cheirosa.

Seguro a respiração por alguns segundos. Estou dura como uma pedra. Mas, então, ele quebra o gelo quando acaricia meus cabelos, como fazia quando dormíamos juntos.

Sim, dormimos várias vezes juntos.

Como se eu fosse uma mulher-bala, sinto que acabo de ser atirada em direção ao passado. Flashes me vêm à mente num turbilhão desenfreado. Tenho que me conter, eu preciso ser forte!

— Ainda está com frio? – ele sussurra, ao pé do meu ouvido. Seu hálito quente deixa rastros em meu pescoço e eu acho que acabo de ofegar. Eu vou perder o controle, estou sentindo.

— Não mais – respondo e me seguro para não fazer uma bobagem.

— Durma bem, Mel.

— Você também – balbucio e cerro bem as pálpebras, pedindo a Deus que eu apague nos próximos minutos.

me cobrir de beijos

Inteligente, divertido, carismático

olhos claros

rosto angelical

Me achará linda de qualquer maneira

Juntos seremos um só, para sempre.

precisa ser lindo

Capítulo 20

Ser bem-sucedido

romântico ao extremo

Ele só pensará em mim

Apenas de biquíni e descalça, caminho sobre o gelo, sendo açoitada por uma nevasca cruel. Sinto arrepios e meus ossos parecem feitos de gelo. Mas então, para meu total assombro, eis que surge um urso polar nessa cena.

Ok, se há um urso, estou no Polo Norte. E, se estou no Polo Norte de biquíni, é óbvio que estou sonhando.

O urso é imenso, e aqueles pelos parecem ser macios. E quentes. Domino meu ímpeto em sair correndo e gritando, aguardando seu próximo passo. Acho que o urso quer avançar sobre mim e me devorar.

Ele se ergue sobre as patas traseiras e eu acabo de dar dois passos para trás. Aqueles olhos grandes e esverdeados – ursos têm olhos verdes? – se fixam nos meus; aparentemente ele não pretende fazer mal algum.

Ele solta um rugido alto, rouco e extremamente selvagem. Não estou temerosa, pelo contrário. Aproximo-me lentamente e minha mão direita se eleva, tocando aqueles pelos em brasa.

As patas dianteiras me agarram num abraço apertado e eu me sinto asfixiar. O calor daquele animal me transmite segurança, e agora estou em chamas. Mas, então, sinto lábios roçarem a minha testa e acho que o urso acaba de me beijar a fronte.

Lábios? Beijo de um urso polar?

Abro os olhos e me assusto, totalmente surtada. Vasculho ao meu redor, buscando entender onde estou. Não vejo os turistas em lugar algum, mas Bernardo está ali, me encarando com aqueles olhos verdes profundos e um tanto avermelhados.

— Onde eles estão? – Ainda penso se o beijo na testa foi realmente dado por um urso, mas enfim...

— Já foram para o restaurante. – ele revela e eu desvio meu olhar do seu peitoral despido.

— Por que não me acordou? – interpelo.

— Não tive coragem.

Giro a cabeça e meu pescoço faz um barulho. Levo a mão até ele e solto um palavrão. Torcicolo é a última coisa de que preciso hoje.

— Droga – resmungo. – Devo ter ficado na mesma posição a noite toda.

— Realmente, você não se mexeu nem um milímetro. – Ele ergue o tronco e alonga os braços no alto da cabeça. Isso é jogo sujo.

— Como sabe disso? – questiono, olhando para a janela. Não ouço barulho de chuva, mas também não vejo traços do sol.

— Não preguei os olhos.

— Por que não? – Uno as sobrancelhas, curiosa.

— Estávamos com desconhecidos, preferi não dormir.

— Para proteger a mim ou a você? – Tombo a cabeça sobre o ombro e a dor muscular deixa meus olhos marejados.

— Não acho que eles sejam gays... – e a frase fica solta no ar. – Deixe-me dar uma olhada nisso aí.

E lá vem ele com aquelas mãos grandes e quentes. Tico e Teco ainda não despertaram, portanto preciso de algum tempo para entender aquela deixa. Ah, mas como sou idiota! Ele não dormiu para me proteger de possíveis gatunos.

Hum, isso começa a ficar interessante.

Bernardo segura meu ombro e deita minha cabeça na lateral. Dói um bocado quando ele alonga. Em outras épocas, teria xingado todos os seus antepassados e as gerações futuras. Por incrível que pareça, estou sob controle.

— Tome um relaxante muscular – ele aconselha. – Tem uma caixa na minha maleta.

— Certo. – Meus olhos se atiram sobre ele, como dois leões famintos. Ben me devolve um olhar ávido e a conexão entre nós está feita.

Existem momentos na vida em que o mundo fica em suspenso e o espaço-tempo desaparece. É como se fôssemos transportados para outra dimensão, um lugar onde não há medo ou dúvidas. Acabo de entrar por esse portal do além e não quero, em nenhuma hipótese, sair do transe.

Mas Bernardo deve ter caído em si e baixa o olhar, rompendo o vínculo. Um sentimento horrível me invade e eu tenho vontade de chorar. Não o faço. Levanto-me num salto e, um tanto dolorida, calço meus chinelos, pego a mochila e, sem dizer nenhuma palavra, me mando o mais rápido possível daquele quarto.

Passei um rádio para a pousada assim que coloquei os pés no restaurante e tomei o tal relaxante muscular. Apesar de sonolento, meu avô pegou no tranco e solicitou que eu pagasse pela estadia e as refeições. Mercedes não queria aceitar de jeito nenhum, mas sei ser convincente, afinal, vendo até merda caso haja necessidade. Bem, se eu puxar pela memória as inúmeras campanhas publicitárias que criei, comprovo que já vendi coisas piores do que isso.

Bernardo boceja a cada cinco segundos. Seus olhos estão inchados, avermelhados, pequeninos. Ele não está bem para conduzir nem a si mesmo, é capaz de dormir ao volante no trajeto.

— Acho que o Bernardo não está em condições de navegar. – Quem diz o óbvio é Guigo. – Ainda tem habilitação, Melina?

— Tenho. Mas e os gringos?

— Deixe comigo, arranho bem no inglês.

Com essa afirmação, aproximo-me de Bernardo, na certeza de que ele negará auxílio. Pigarreio e ele me encara, com as pálpebras pesadas.

— Minha habilitação está em dia, Ben. Qual o tamanho do barco?

— É uma lancha de 18 pés – ele explica, não sem antes bocejar na minha cara. – Vai mesmo fazer o que estou pensando?

— Está nesse estado por culpa minha, então, me dê as chaves. – Estendo a mão e Bernardo checa os bolsos, estendendo o molho, sem qualquer discussão.

A lancha é uma graça, com o logotipo do hospital no casco. A cabine de comando é pequena, mas já pilotei embarcações menores do que essa. Procuro no GPS a localização anterior e traço a rota para a Marina 188.

Bernardo está jogado no sofá de dois lugares, com as pernas para fora. Leva o antebraço na altura dos olhos e, antes mesmo que eu tente engatar uma conversa, já está dormindo.

A volta para Paraty é tranquila, apesar do mar agitado e das nuvens acinzentadas que cobrem o céu. Lanço olhares para ele de tempos em tempos e meu coração se espreme dentro do peito.

Começo a conjeturar com meus botões.

Minha paixão por Bernardo não tem data. Apesar de o cara não fazer o meu tipo – pelo menos não fazia até ficar gostoso ao extremo – desde criança, eu tinha convicção absoluta de que nos casaríamos e ele seria o meu príncipe encantado. Enquanto as meninas surtavam por ídolos das novelas, da música ou da revista *Capricho*, eu sabia que tinha o cara perfeito na minha mão.

Mas, como nem tudo são flores – ainda bem, já que sou alérgica –, quando minha mãe me deixou rumo à iluminação espiritual, algo mudou dentro de mim e todas as certezas se esvaíram, como água escoando pelo ralo.

Tive muitos momentos depressivos e, por que não dizer, depreciativos. Meu ego, vestido de ninja, dizia que eu não merecia ser amada, afinal nem minha mãe havia me suportado.

Eu sei, uma tremenda paranoia dramática!

Mas era assim que eu me sentia na época, e vou além: ainda me sinto dessa forma nos dias de hoje.

Quando Bernardo chegou com aquela aliança e um pedido de namoro, achei que não era merecedora daquele amor. O momento *trash* com Guilherme foi apenas para comprovar isso a mim mesma.

Odeio fazer autoanálise, mas neste instante me sinto curada, como se tivesse descoberto a real causa de uma doença terminal. Tenho que parar de culpar minha mãe por meus infortúnios e começar a assumir a minha vida, de uma vez por todas.

Capítulo 21

As cordas acabam de ser atreladas ao píer.

Bernardo está em sono profundo quando faço menção de acordá-lo. Minhas mãos se detêm no ar, duvidosas. Ajoelho-me ao seu lado, decorando cada linha do seu rosto, doida para sentir aquela barba por fazer em contato com a minha pele.

Seus cabelos dourados e encaracolados são tão macios que pedem para serem tocados. Novamente detenho minhas mãos teimosas. Aqueles lábios parecem pulsar, chamando-me. Quando percebo, estou próxima demais. Tanto é verdade que estou respirando a inspiração dele.

Bernardo se remexe e eu recuo, caindo de bunda no chão da embarcação. Ele desperta, no susto. Seus olhos esverdeados se atiram para dentro dos meus azulados, como se fossem uma âncora. Sinto-me queimar.

— Chegamos? – ele limpa a garganta e lança a pergunta.

— Acabamos de aportar.

Deus, ele é absolutamente lindo quando está dopado de sono. Espreguiça-se demoradamente e acho que chego a babar. Bernardo se levanta e me estende a mão, já que ainda estou com a bunda bem colada ao chão.

— Obrigado por nos trazer a salvo – ele diz, piscando duro de cansaço.

— Estamos quites. – Nesse ponto, jogo minha mochila sobre as costas.

Desembarcamos e lá estão os canadenses à minha espera. Despedimo-nos de Guigo e Michele e seguimos para o estacionamento. Coitadinho do Lúcifer, está praticamente sozinho no pátio, com exceção de outros três carros.

Bernardo troca algumas palavras com os gringos, e, quando faço menção em me dirigir ao jipe, ele toma meu braço com suavidade. Os quatro turistas percebem o clima de imediato e pegam as chaves da minha mão, despedindo-se do médico gostoso que me causa loucas sensações vertiginosas.

Quando estamos a sós, Bernardo ensaia o que dizer, mas parece desistir. Para tirá-lo dessa situação incômoda, levo as mãos aos bolsos do short e balanço o corpo para a frente e para trás, dizendo:

— Obrigada por ter me protegido esta noite.

— Obrigado por não ter explodido a lancha – ele agradece, um tanto tímido, e esse embaraço é tão sexy!

Já dando por encerrada a despedida, eis que sua mão grande surge em cena, ajeitando alguns fios rebeldes atrás da minha orelha. Estremeço e suspendo a respiração, na expectativa.

Ele volta a me encarar daquele jeito, a me cercar por todos os lados. Dou um passo à frente, hipnotizada. Noto que está ansioso, levemente ofegante, totalmente preso a esse momento só nosso.

Mas então, para minha total decepção, ele abaixa os olhos e parece retomar o controle sobre si.

— Tenha um bom dia, Melina.

Xingo mentalmente, mas retribuo com um sorriso desapontado:

— Você também, Bernardo.

O dia transcorreu tranquilo, e, após o tour pela cidade histórica, na companhia dos gringos, voltei para a pousada doida por um banho e um livro. Mas quem disse que consigo me concentrar nessas letrinhas?

Estou inquieta, uma ansiedade maluca consome minhas entranhas. Parece algo vivo, que se remexe angustiado dentro do meu estômago. Deixo o romance de lado e saio para a varanda da casa do meu velho.

Já é noite e não há nem sinal da lua. Pelos raios que riscam o céu, tem mais chuva chegando por aí.

Estou com energia de sobra e preciso gastá-la em algum lugar. Talvez uns socos, chutes, uma corridinha pela manhã. Mas, então, uma brilhante ideia surge em meu cérebro fervilhante. Sei exatamente o que fazer para sair dessa vibe.

Amanhã cedo, vou surfar.

O dia amanhece cinzento. Está mais frio que de costume, portanto visto um macacão de neoprene – velho, mas que ainda serve – por cima do biquíni. Nada me fará desistir de uma ida à praia para gastar essa energia que se concentra no meu plexo solar.

Lúcifer demora a pegar. Na terceira partida, finalmente o motor colabora. Tomo a estrada vicinal em direção à Praia do Cepilho, em Trindade. Ligo o rádio e busco a faixa preferida pelos surfistas da região. De acordo com o radialista, as ondas não estão das maiores, mas dá para brincar.

São seis da manhã, um excelente horário para a prática do surfe. Desde pequena pego ondas, mas estou fora de forma. Nada que alguns caldos não resolvam, aliás, meu "bronzeado escritório" já deu uma boa melhorada.

Estaciono Lúcifer e dou uma sacada na maré. O vento está ótimo e as ondas, bem formadas. Inspiro aquela brisa úmida e me sinto em paz, como se o nó em meu estômago começasse a se dissolver.

Com a prancha debaixo do braço e a mochila às costas, afundo os pés na areia. Meus cabelos dourados esvoaçam, revoltos. Apesar de o dia estar nublado, ajeito os óculos de sol sobre os olhos, protegendo-os do vento arenoso que se levanta do chão.

Finco a prancha na areia e prendo as madeixas num rabo de cavalo improvisado. Jogo a mochila no chão e prendo o velcro em torno do calcanhar. Quando ergo o tronco para escolher um bom lugar para surfar, congelo no lugar, atônita.

O destino deve estar de sacanagem comigo, na maior zoação. Meus olhos vasculham os caracóis da cor do sol, descendo por aquelas costas esculpidas por Deus, em toda a sua glória e inspiração. Respiro. Agora percorro aquelas nádegas firmes, envoltas por um tecido de neoprene. Detenho-me ali por mais tempo do que deveria. E então, abaixo o olhar para aquelas pernas bem torneadas, com pelos dourados em toda a sua extensão.

O que ele está fazendo aqui a esta hora da matina?

Num contato telepático surpreendente, Bernardo gira a cabeça para trás e seu olhar recai justamente sobre mim. Fico um tanto desconcertada com essa conexão, como se de alguma forma ele me sentisse por perto. É realmente assustador.

Seu semblante sustenta a mesma perplexidade que o meu. Nós sempre surfamos juntos, mas pensei que os tempos de vida mansa haviam terminado. Pelo visto, me enganei.

O que fazer nessa situação?

Não há para onde correr, já que Bernardo e sua prancha se aproximam a passos largos. O vento acaricia seus cabelos e, por um segundo, eu queria colocar meus dedos ali, como fazia quando ele deitava a cabeça em meu colo nos fins de tarde.

Cara, o que eu tinha na cachola para estragar algo assim?

— Pensei que não surfasse mais – ele começa.

— Faz algum tempo, mas é como andar de bike – afirmo.

— Hoje o mar está agitado. Acha uma boa ideia?

— Quanto mais apavorante, melhor – digo, decidida.

Uma sombra obscurece seus olhos esverdeados. Ele sustenta a face da apreensão. Sempre fui maluca, qual a novidade?

— Você quem sabe. – Bernardo cerra as pálpebras e sacode os cachos. – Não se arrisque desnecessariamente.

— Está com medo por mim? – questiono, descrente.

— Só estou pedindo que tenha cuidado, Melina. – Dito isso, ele me dá as costas e segue em direção ao mar.

Os surfistas mais doidos estão na ponta da praia, onde as ondas são maiores e bem perigosas. Contento-me com um pouco mais de segurança e entro na água gelada.

Dou braçadas longas, passando a arrebentação com mais dificuldades do que pressupunha. O vento sopra feroz e uma garoa fina começa a cair. Não vou desistir antes de surfar pelo menos duas ondas.

Encontro um bom lugar e aguardo. Bernardo está a poucos metros de distância e parece pensativo. Deixa passar uma boa oportunidade e eu nem cogitei a onda, já que ele chegou primeiro.

Vem uma excelente formação por aí. A onda é um tanto disforme, mas está bacana. Dou uma olhada para Ben e, como ele não está remando, irei eu.

Ah, que sensação incrível! Não foi uma onda alta, mas deu para executar algumas manobras básicas. Já estou nadando de volta e passo pela arrebentação mais uma vez.

Através de mímica, pergunto a Bernardo o porquê de não ter pego a onda. Ele dá de ombros e volta para seus pensamentos. Não vou ficar aqui especulando seus motivos, só quero curtir e relaxar, nada mais.

A chuva aperta e o vento aumenta a velocidade. As águas se revoltam de imediato, como se respondessem a um comando divino. Uma onda começa a se formar ao longe e parece perfeita.

Bernardo não se move. Nesse caso, a onda é minha. Dou braçadas vigorosas e, quando olho para trás, o paredão de água é gigantesco. Penso em desistir, mas não o faço.

Estou na crista da onda.

Deslizo até a base, cortando a muralha de água com a mão esquerda. Que tremenda sorte, que onda animal! Ah, Deus, valeu mesmo, vai rolar um tubo! Uhuuuuuuuuu.

Estou dentro do tubo e me sinto poderosa, como se nada fosse impossível. Essa mistura de medo e aventura é indescritível. A adrenalina corre rápido por minhas veias e eu me sinto em êxtase. Mas, como eu disse, não estou em minha melhor forma e até os mais experientes surfistas cometem erros.

E eu erro feio.

Sou abocanhada por aquele paredão, perdendo a noção. Não sei mais onde está o céu ou a terra. Engulo muita água e a escuridão é total. Sinto a corda da prancha puxando o meu tornozelo e começo a brigar com o mar. Preciso emergir, preciso de ar!

Sinto uma corrente gélida e peço aos céus que não tenha sido tragada por ela. Quando noto que o velcro da corda que me prendia à prancha se solta, entro em pânico. Outro grande erro. Se eu não subir nos próximos segundos, adeus, mundo cruel.

Eu não subo e acabo de perder a consciência.

me cobrir de beijos

Inteligente, divertido, carismático

rosto angelical

olhos claros

Me achará linda de qualquer maneira

Juntos seremos um só, para sempre.

precisa ser lindo

Capítulo 22

Ser bem-sucedido

romântico ao extremo

Ele só pensará em mim

— Alô? – minha voz ecoa pelas sombras. – Alguém está aí? Aí? Aí? Aí?

— Melina? – Nesse momento, as sombras se dissipam e me vejo num lugar confuso, onde as leis da física não se aplicam. – Melina, é você?

Reconheço a voz e a pessoa vestida de branco, sentada na posição de lótus, flutuando sobre uma nuvem cheia de imagens desconexas.

— Mãe? – Ok, estou em choque.

— Melina! O que está fazendo no Astral, minha filha?

— Como assim? – indago, unindo as sobrancelhas numa gigante interrogação.

— Onde você estava antes de chegar aqui? – ela questiona, visivelmente abalada.

Preciso pensar nisso. Onde eu estava mesmo?

— Acho que estava surfando – afirmo, sem muita convicção.

— Como disse? – Ela se mostra perturbada. – Ah, minha nossa! Você deve estar se afogando!

— O quê? Não, não é possível. – Uma pausa tensa. – Você está querendo dizer que estou morta?

— Ainda não. – Ela vasculha ao redor. – Onde está seu mentor espiritual?

— Quem? – Meu tom de estranheza se eleva alguns decibéis.

— Droga! Do jeito que conheço você, ele deve estar tirando um cochilo. – Ela parece transtornada. – Melina, volte já para o seu corpo!

— E como faço isso?

— Escorregue para a Terra, agora! – ela ordena, como se fosse algo simples, tipo estalar os dedos.

— Me mostre o escorregador que eu vou. – Olho em volta. – Aliás, nem estou a fim de ficar por aqui mesmo. Baita lugar esquisito esse Astral – resmungo.

— Estava surfando sozinha? – Ela se aproxima e toca meus ombros, chacoalhando-me. – Quem estava com você, Melina?

— Eu não sei. – Meus pensamentos estão bagunçados, nebulosos. – Acho que o Bernardo estava lá.

— Graças a Deus! – Ela une as mãos em agradecimento. – Espero que ele seja rápido.

— Mãe, estamos mesmo conversando ou tudo isso é fruto da minha imaginação fértil? – indago, temerosa com a resposta.

— Vou dar duas horas para você se recuperar. E, então, ligarei no seu celular.

Nesse ponto, a imagem da minha mãe começa a se distanciar, distanciar, distanciar... Saio daquele mundo esquisito e começo a cair. Caindo, caindo, caindo. E então, baque!

Ouço gritos.

Massagem cardíaca.

Lábios contra os meus.

O uivo feroz do vento.

O barulho das ondas quebrando.

Gotas gélidas de água caindo sobre a pele.

— Anda, Melina, reage! – Reconheço a voz de Ben.

Sinto suas mãos pressionando meu peito, uma, duas, três vezes. Seus lábios se colam nos meus e seu ar invade meus pulmões. Nesse momento, meu corpo estremece e inicia uma batalha pela sobrevivência. Ergo o tronco subitamente e um jato d'água sai pela minha boca, sem controle.

Perco o ar. Começo a tossir, desenfreadamente. Noto que não estamos sozinhos, um bando de surfistas se amontoa ao nosso redor. O oxigênio entra aos poucos e sinto os pulmões queimarem a cada inspiração.

Cuspo mais água salgada. Estou asfixiando, o ar não é suficiente. Sem parar para pensar, Bernardo me pega nos braços e começa a correr pela praia, num desespero que me assombra.

É óbvio que eu não iria morrer nessa altura do campeonato. Vaso ruim não quebra, como costuma dizer o meu avô. Mas nunca passei por algo assim, a tênue linha entre a vida e a morte quase se quebrou. Quase.

Lembro-me de parte do trajeto até Paraty.

Alguém assumiu o volante do carro do Bernardo e minha cabeça se aconchegou em seu colo. Como todo bom médico, ele carrega no porta-malas uma infinidade de apetrechos, inclusive um balão de ar portátil, desses que precisam ser bombeados manualmente. E foi isso que ele colocou sobre meu rosto.

Lembro que perguntei sobre a minha prancha. Notei que Bernardo se segurou para não me xingar. Com toda a paciência do mundo, ele desviou o olhar e disse:

— Quebrou-se ao meio. – Houve uma pausa para respirar. – O que me causa alívio, já que você não fará outra idiotice tão cedo.

Não me lembro de mais nada, acho que apaguei.

Estou medicada e já não preciso mais do balão de oxigênio. Abro os olhos e tento sorrir quando vejo meu pai e meus avós ao lado da cama, na emergência do hospital. Aturdida, descubro que minha mãe realmente ligou no celular após duas horas exatas do nosso encontro extracorporal.

Sinistro.

Nem sinal do Ben. Procuro com os olhos, mas realmente ele não está ali. E por que estaria?

— Não vou brigar com você, Melina. – Meu pai toca meus cabelos, alisando-os para trás. Seu tom é gentil e me acalma. – Aliás, quero pedir perdão por minhas últimas atitudes. – Seus olhos estão marejados e a culpa me arrasa. – Eu não suportaria perder você.

— Pai, me desculpe. – Minha garganta arde e a voz está rouca.

— Me perdoe, filha. – Ele se inclina e beija minha testa.

Minha avó chora copiosamente. Segura firme a minha mão, como se assim pudesse evitar que eu volte a cometer outra imprudência. Já meu avô suspira profundamente, massageando meus pés.

Nesse segundo, a verdade cai sobre mim como um meteoro mortal. Sempre estive cercada de amor, mas buscava o que não estava ao meu alcance. A separação dos meus pais e a fuga da minha mãe mexeram comigo em níveis profundos, deturpando por completo minha visão da vida.

Caramba, está tudo tão claro agora.

— Terei que ficar aqui? – pergunto, com a voz entrecortada.

— Ficará em observação até amanhã – meu velho explica. – E não se preocupe com o seu carro, já mandei buscá-lo.

— Obrigada, pai. – Minhas pálpebras pesam e eu adormeço.

Acordo e pareço estar chapada. Há fios e canos por todos os lados. Estou ligada num monitor cardíaco e o barulho da máquina é infernal. Demoro um pouco para enxergar algo além de vultos e sombras. Quando giro o pescoço, dou de cara com Bernardo.

Sentado numa cadeira desconfortável, percebo que velava o meu sono. Não demora muito e está de pé, verificando meu pulso, as pupilas e os medicamentos que caem em gotas.

Nunca vi um médico passar a noite ao lado de seu paciente, mas, enfim...

— Durma um pouco mais, ainda é madrugada – ele aconselha.

— Você me tirou da água, não foi? – Tento rememorar os últimos acontecimentos.

— Foi por um triz, Mel – ele revela e franze os lábios. – Se eu tivesse demorado um pouco mais... – A frase se finda antes da conclusão do pensamento.

— Fui presunçosa, me desculpe. Eu deveria ter escutado você.

— Pense antes de tomar decisões como as de hoje. Não brinque com a sua vida e a das pessoas que a amam dessa forma irresponsável. – Ele umedece aqueles lábios fartos e me lança um olhar triste.

Nesse instante, uma enfermeira chega sem aviso e sussurra algo no ouvido de Bernardo. Ele meneia a cabeça e diz que já está a caminho.

— O que houve? – questiono.

— Alguém enfiou uma Barbie onde não deveria. – Há um sorriso incrédulo em seu rosto. – Isso é o que dá pegar plantão.

— Uma Barbie? – Seguro o riso. – Ok, boa sorte com o parto.

Ser bem-sucedido

rosto angelical

me cobrir de beijos

carismático

olhos claros

Me achará linda de qualquer maneira

Ser bem-sucedido

eremos um só, para sempre.

precisa ser lindo

Ele só pensará em mim

romântico ao extrem

ntico ao extremo

rosto angelical

brir de beijos

Juntos seremos um só, para sem

lhos claros

Me achará linda de qualquer maneira

empre.

precisa ser lindo

Ele só pensará em mim

Inteligente, divertido, carismático

me cobrir de beijos

Inteligente, divertido, carismático

rosto angelical

olhos claros

Me achará linda de qualquer maneira

Juntos seremos um só, para sempre.

precisa ser lindo

Capítulo 23

Ser bem-sucedido

romântico ao extremo

Ele só pensará em mim

Acabo de receber alta e não vejo Bernardo em lugar algum.

Caminho lentamente pelos corredores do hospital, amparada por meus avós. Meu velho segue logo atrás, acalmando minha mãe do outro lado da linha. Trocamos algumas palavras e o sermão foi inevitável. Quem ela pensa que é para esse tipo de repreensão? O fato foi que escutei caladinha seu discurso de mãe zelosa. Não estava a fim de brigar, estou sem energia até para respirar.

As portas se abrem e saímos para o clima pós-chuva. Há um cheiro delicioso no ar e o sol desponta através de grossas nuvens. Chegando ao estacionamento, levo um tremendo susto.

Bernardo está cabisbaixo e Samantha gesticula nervosamente. Pela cena, fica claro que estão tendo uma briga daquelas. Mas, como a mimada faz o tipo bem-educada, não eleva o tom de voz, portanto não consigo escutar o que ela diz, entre caras e bocas de dar medo.

Ela me vê e imediatamente se atira nos braços de Ben, dando-lhe um beijo que rouba o pouco de ar que tenho. Meu peito arde, infeliz. Vovó é a única que percebe o que está havendo e toca meu ombro, como se sentisse a minha dor. Retribuo com um sorriso angustiado em resposta. Ela balança a cabeça, como quem entende. E então, abre a porta do carro e eu entro, sem olhar para trás.

Dias se passaram e Nauane chegará amanhã. Ai, nem acredito! Estou precisando desabafar cara a cara e esse Skype me irrita profundamente.

Não vi Bernardo desde aquela cena no estacionamento. Após muito me questionar, acredito que ocasionei aquela briga, sou a responsável pelo abalo sísmico.

Mas estamos falando da Samantha, então, que se dane.

Caminho a esmo pelas ruas estreitas do Centro Histórico. Vejo uma rasteira linda, leve e solta na vitrine de uma loja. Aproximo-me, babando. Eu preciso experimentar, essa preciosidade necessita que eu a compre, agora.

— Você deveria ter morrido naquela manhã. – Ouço uma voz macabra atrás de mim. Não me viro. Através do reflexo da vitrine, vejo de quem se trata.

— Ficaria em paz se isso acontecesse? – pergunto, estreitando os olhos perigosamente. Ela que não se atreva a dar mais um passo na minha direção.

— Sei o que está tentando fazer, Melina. Mas não pense que o Bernardo cairá no seu jogo.

— Não jogo pelas costas, Samantha – atiro, entredentes.

Então, ela finca as unhas no meu braço e eu giro nos calcanhares numa fúria crescente. Tento manter o controle, não quero me arrepender mais tarde. Mas bem que essa baranga merecia uns bons socos!

— Fique longe do Bernardo. Aquele homem é meu, está me entendendo? Se eu souber que você cruzou o caminho dele novamente, eu...

— Você o quê? – Estufo o peito e encaro a mimada.

— Não queira descobrir. – Dito isso, ela me dá as costas e, de forma sobrenatural, caminha sobre saltos altos naquele calçamento.

Nem a rasteira dourada, novinha e brilhante, curou o meu ódio. Caminho em círculos pela cozinha da pousada, deixando Espírito maluco. Eu deveria ter furado os olhos dela, dado um soco naquela mandíbula pronunciada ou talvez quebrado novamente aquele nariz empinado e bem-feitinho.

— De certa forma, ela tem razão, Mel.

— Oi????????????

— Você tem cruzado com o Bernardo nas situações mais escabrosas possíveis. Quem vê de fora diz, com toda a certeza, que você está perseguindo o cara – Espírito argumenta e eu explodo:

— Mas eu não estou perseguindo ninguém!

— Eu sei disso, mas se coloque no lugar da Samantha – ele pondera.

— Nem ferrando! – Cruzo os braços e me deixo cair sobre uma cadeira.

Espírito volta para as panelas, checando o ponto do molho pesto. Deixa uma gota cair na palma de sua mão e experimenta. Continuo ali, parada, com um tremendo bico.

— Eles são felizes? – pergunto, com medo de ouvir a resposta.

— Ela é apaixonada pelo Ben desde criança, você sabe disso.

— Não foi o que perguntei – retruco.

— Olhe, eu não posso afirmar nada – ele suspira. – Mas, sem a Samantha, o Bernardo teria caído numa espiral descendente. Ela foi como um porto seguro, aliás, foi bem mais do que isso. Sua arqui-inimiga o incentivou a viajar para Londres e estudar.

— Com o risco de perdê-lo para uma inglesa? – pergunto, incrédula.

— Viu? Ela não é tão ruim assim. – Espírito me lança uma piscadela e volta sua atenção para as panelas.

O restante do meu dia foi uma merda. Caí de uma escada de alumínio de três degraus, escorreguei no piso molhado e dei com a bunda no chão, a bateria do Lúcifer morreu de vez, queimei a língua com chá, engasguei com catchup e, para fechar com chave de ouro, acabo de tomar um choque no chuveiro.

Vá ter azar assim lá no inferno!

O clima está ameno e nada de chuva. Desisto do banho e enfio uma bermuda ciclista, um top branco e uma camiseta regata por cima. Calço um par de tênis e oro para que não tropece em meus próprios pés durante a corrida noturna.

Saio pelo estacionamento e sigo por uma rua lateral. Ando por ruas esburacadas pela ação da chuva e atravesso a pequena ponte um tanto apreensiva. Com a baita sorte de hoje, é bem capaz de o negócio desabar sob meu peso. Respiro aliviada quando chego ao outro lado. O que se descortina a minha frente é uma rua larga, plana, perfeita para correr até cair morta.

Alongo os braços e as pernas, o suficiente para não sofrer um estiramento. Inicio uma caminhada rápida e, alguns metros mais tarde, começo a correr. Meus cabelos se agitam para trás e o coração trabalha apressado. Gotículas de suor se formam em minha testa, caindo sobre os olhos. Aumento a velocidade, trincando os dentes. Estou com muita raiva e não sei bem o porquê.

Checo o relógio de pulso; pelos meus cálculos, corri três quilômetros e não aguento mais. Ofegante, diminuo o passo, contando os batimentos cardíacos. Apesar do cansaço, ainda tenho fôlego.

Uma voz masculina e juvenil surge às minhas costas.

— Bacana esse tênis aí.

Caraca, só me faltava mais essa para o dia ser perfeito. Verifico ao redor e os poucos transeuntes não percebem – ou não estão a fim de perceber – a situação crítica na qual me encontro.

— Pois é. E bem confortável também. – Giro para encarar o moleque.

— Passa pra cá. – Ele gesticula com uma das mãos.

— Está me zoando, não é? – Recuo um passo. – Se soubesse a merda de dia que eu tive, não pediria algo assim.

— Ah, qual é. – Ele joga as mãos para o ar, no maior jeito de malandro. – Você tem cara de ser endinheirada, amanhã compra um novinho. Passa logo esse tênis aí e fica tudo certo.

— Já ouviu falar em trabalho? – questiono.

— Estou perdendo a minha paciência, e você não quer que isso aconteça. – Ele tira do bolso da bermuda um canivete suíço. Agora sim o garoto conseguiu o meu respeito e atenção.

— Não acredito nisso. – Cerro os punhos e já estou a ponto de me abaixar e tirar o par de tênis. Mas, então, alguém surge.

— Dê o fora. – Nem preciso olhar para saber de quem se trata.

— Não sem antes pegar o que é meu. – O moleque sustenta o canivete junto ao corpo, numa atitude agressiva.

— Nesse caso... – Bernardo dá alguns passos à frente e desarma o garoto com uma facilidade surpreendente. O bandidinho cai ao chão e se arrasta para longe dele. – Suma daqui – ele grita e eu acho isso tão romântico!

O moleque se levanta, cambaleante. Dispara a correr para bem longe de nós. Estou petrificada e boquiaberta, buscando entender o que acaba de acontecer. Bernardo gira para me fitar, jogando o canivete para cima, como se fosse uma bolinha de tênis.

— Como fez aquilo? – indago, chocada.

— Aikido – ele sorri de lado.

— Eu não sabia que lutava – comento, absorta naquele canivete que sobe e desce, sobe e desce.

— Eu tinha que descarregar a raiva em algum lugar. – A revelação me pega de surpresa.

— Ah. – E, então, reassumo o controle da minha mente e atiro: – Olhe, é melhor parar de me salvar ou é bem capaz da sua noiva mandar me matar.

— O que disse? – Ele fecha os dedos em torno da arma branca.

— Não é nada. – Apresso-me em consertar o estrago da minha colocação. – O que está fazendo aqui, afinal?

— Eu corro por aqui sempre que tenho tempo – ele revela. – Mas não fuja do assunto, Melina. Por acaso a Samantha foi procurá-la?

— Talvez. – Cruzo os braços, na defensiva. – Escute, esse garoto pode voltar com a gangue, não é melhor sairmos daqui?

Ele leva as mãos aos bolsos da bermuda, guardando o canivete. Concorda com a cabeça e retomamos o caminho que nos levará ao Centro Histórico. Apesar de suado, Bernardo emana um delicioso aroma de orvalho e, por um instante, eu adoraria me enfiar em seu pescoço para inspirá-lo até gastar.

— O que ela te disse? – ele cutuca.

— Nada demais. A mimada foi até educada – ironizo. – Olhe, sei o que pode parecer, mas não estou perseguindo você, acredita em mim?

— Sei que não estou sendo perseguido, Melina. – Seu tom é irritadiço. – Samantha não tinha o direito…

Não deixo que ele finalize.

— Eu teria feito a mesma coisa, Ben. Relaxe.

— Teria? – ele parece surpreso.

— Ah, sim. – Um silêncio agradável paira sobre nós. Ouço apenas o pio das corujas e o barulho das solas sobre a terra batida. Quando estou à vontade, lanço a pergunta: – Paraty é uma cidade pequena, mas estamos nos cruzando demais, não acha?

— Já se perguntou o porquê disso? – Sinto seu olhar sobre mim e evito encará-lo.

— Acha que existe um por quê?

Bernardo não responde. O silêncio agora é desconfortável, inquietante. Uma tensão se instala na boca do meu estômago e eu torço para que cheguemos logo à ponte.

me cobrir de beijos
Inteligente, divertido, carismático
rosto angelical
olhos claros
Me achará linda de qualquer maneira
Juntos seremos um só, para sempre.
precisa ser lindo

Capítulo 24

Ser bem-sucedido
romântico ao extremo
Ele só pensará em mim

— Por que me traiu naquela noite, Melina?

A pergunta me fuzila e as pernas bambeiam. Paro de andar e estou cabisbaixa, sentindo-me um lixo. Em algum momento a pergunta viria à tona, mas não me sinto preparada para essa conversa. Ainda assim, forço-me a responder quando Bernardo ergue meu queixo, indagativo.

— Eu estava bêbada.

— Isso não é desculpa.

— É claro que não – concordo, inspirando o ar profundamente.

— Sempre tive certeza dos seus sentimentos por mim. Sei que, quando sua mãe foi embora, você surtou achando que não merecia nada de bom. E eu tenho consciência de que sempre fui sincero com você. – Ele faz uma pausa e seus olhos se aprofundam. – O que houve naquela noite, Mel?

— Eu fiquei com medo, tá legal? – Lágrimas irrompem, sem aviso. – Eu temia que você pudesse me deixar também.

— E por isso você me traiu? Para me afastar e fugir de uma possibilidade inexistente? – Ele parece confuso com minha confissão. – Melina, sei que é maluca, mas isso é demais.

— Nem os psiquiatras me entendem – resmungo. – Naquele momento eu achei que era o certo a fazer. Estava tentando evitar um sofrimento futuro… Caramba, eu não aguentaria se você me abandonasse, Ben.

— Eu não acredito nisso, não pode estar falando sério. Por que achou que eu a deixaria? – Ele sacode os cachos, indignado. – Melina, eu amo você. – E então, perplexo com a própria revelação, ele remenda: – Eu… eu… eu amava você.

Não me importo que ele tenha consertado a declaração. Suas palavras ressoam por todas as minhas células, que, em júbilo, explodem em sensações e sentimentos avassaladores.

Bernardo é o homem perfeito. É o cara que descrevi naquele papel amarelado e amassado. E tenho vontade de me matar por ter perdido a chance de ser feliz. Será que está tudo perdido mesmo? Quer saber? Não vou ficar com essa dúvida.

Num ímpeto desenfreado, me atiro sobre ele, numa sede intermitente. Meus braços envolvem seu pescoço quando nossos lábios se tocam, vorazes, incontroláveis.

Ele me puxa para mais perto, e suas mãos grandes me prendem num abraço sufocante. Tombo a cabeça de lado e o gosto da sua boca é incrivelmente entorpecente, tanto que já estou viciada.

Meus dedos se agarram aos seus cabelos volumosos, numa ânsia irrefreável. Ele se inclina sobre mim e eu ergo uma das pernas, enlaçando seu quadril. Ah, agora a coisa pega fogo.

Mas, que droga, eu sempre estou errada.

Bernardo, como que tomado por um alerta de perigo extremo, me afasta nervosamente. Está ofegante e com cara de quem cometeu um grande erro. Ele não me encara nos olhos e eu me sinto uma biscate da pior categoria.

O cara está noivo, merda!

— Melina, eu…

— Desculpe, a culpa foi minha. – Seguro as lágrimas, doida para enfiar a cabeça num buraco e não sair de lá antes dos oitenta anos.

— Eu preciso ir. – Ele parece perdido, não sabe nem que direção tomar.

Bernardo finalmente se localiza e sai andando, sem se despedir ou olhar para trás. Estou paralisada no lugar, apenas observando enquanto ele se afasta, a passos apressados.

Bem que aquele garoto poderia voltar com a sua gangue, armado até os dentes. Eu abriria os braços e me deixaria ser metralhada. Os moleques não teriam noção do tremendo mal que estariam extirpando desse planeta. Tenho certeza de que Deus seria benevolente e abriria as portas do Paraíso para eles.

Não consigo dormir.

Depois que desabafei com a Nanie pelo computador, chorei por horas a fio, até as lágrimas secarem. Não estou me sentindo melhor, muito pelo contrário. Sei que a Samantha não merece o meu arrependimento, mas, ainda assim, meu remorso é inevitável.

Levo o antebraço à testa e acabo de sorrir timidamente, com os lábios retesados. Rememoro uma das cenas mais cômicas que vivenciei ao lado de Bernardo. Foi na nossa primeira noite...

Estávamos acampando com dois casais de amigos. As três pequenas barracas já estavam armadas na praia quando a tempestade despencou dos céus. Corremos para nos proteger das gotas pesadas e gélidas, bem como dos raios apavorantes que riscavam a escuridão.

A fogueira se apagou por completo quando fechei o zíper da barraca. para duas pessoas. Hesitei quando me vi sozinha com Bernardo. Eu tinha dezessete e ele dezoito anos. Sabia que não tinha escapatória e tenho que confessar que eu estava um tanto aflita.

Ele acendeu a lamparina e eu pedi que apagasse. Ben não discutiu e ficamos na penumbra. Eu arfava com as possibilidades e senti calafrios quando suas mãos quentes alcançaram meus ombros.

Eu jurei não cair na gargalhada e me contive.

Comecei a tatear e encontrei seu rosto. Meus dedos deslizaram por seu pescoço, ombros, braços, tórax e, então, me detive em sua camiseta. Fui enrolando o tecido, puxando para cima. Ele colaborou e nos livramos da primeira peça de roupa.

Seus lábios se colaram em meu pescoço, enquanto ele arrancava minha saída de banho. Fiquei apenas de biquíni e estremeci quando seus dedos acariciaram minhas costas.

Estava escuro e eu não via praticamente nada além daquele vulto que se levantou e arrancou a bermuda. Ah, Deus, minha primeira vez realmente iria acontecer. O pânico se instalou, mas não recuei nem pedi que parasse quando se deitou ao meu lado, puxando-me para mais perto.

Alisei seu peito franzino e permaneci por tempo indeterminado naqueles pelos que sabia serem dourados. Suas mãos, que antes estavam em minha cintura, agora subiam perigosamente. Ele me beijou com vontade e acariciou meus seios, agora ligadões em seus movimentos circulares.

Enlouqueci.

Fiquei por cima dele e os beijos ficaram mais profundos, úmidos e estonteantes. As mãos de Ben se firmaram em meus glúteos rígidos de tensão e, por que não dizer, de tesão.

Despi-me de qualquer medo com relação ao que estava por acontecer. Sentia sua pulsação se acelerando, juntamente com a minha. E, então, minha mão direita resolveu passear por aquela pele macia, deliciosamente em brasa.

Desci para dentro de sua sunga e qual não foi minha surpresa ao me deparar com aquela ereção imensa, abrasadora. Aí foi demais.

Levantei-me no susto. Antes que Ben se desse conta, abri o zíper da barraca e saí feito uma louca debaixo da tempestade. Corria como se assim pudesse salvar a minha vida.

Quando lembro da cena, começo a rir sozinha, incrédula com tamanha inocência. Já tínhamos tido alguns momentos de intimidade, mas eu nunca tinha deixado chegar tão longe.

Voltando ao patético cenário, eu corri muito. Caí duas ou três vezes no trajeto, mas eu não voltaria para aquela barraca nem arrastada! Eu queria sim fazer amor com o Bernardo, mas a que preço? Aquilo que ele sustentava entre as pernas era, no mínimo, surreal.

Ficou óbvio que seria doloroso e não prazeroso. Como eu não havia percebido o tamanho daquilo antes? Continuei fugindo, sem olhar para trás.

Então, senti mãos se fechando em minha cintura. A queda foi inevitável e eu caí com a cara na areia. Lembro que me debati, pedindo que Bernardo esquecesse aquilo e me deixasse sozinha.

— Melina, eu nunca a machucaria – ele disse acima da chuva, mas não relaxei. – Precisa confiar em mim.

— Não dá, Ben. – Afastei-me e apontei para aquela coisa que saía pela sunga. – Você vai me matar com isso aí.

Ah, que estúpida!

Mas, enfim, continuemos a narrativa:

— Eu resisti até hoje e não me importo de esperar o tempo que for preciso. – Ele me lançou aquele olhar cheio de sentimentos e significados. – Não vai acontecer nada que você não queira.

Uma sensação de segurança se apossou da minha insanidade desmedida. Eu precisava mesmo ter fugido daquela maneira? O amor que ele sentia por mim era escancarado, por que então esse pavor de elevar nossa relação a outro patamar?

Senti-me envergonhada.

Sentada sobre a areia molhada, puxei Bernardo para um abraço, com o intuito de me esconder daqueles olhos questionadores. Um estranho frenesi tomou conta do meu corpo quando seus braços se fecharam ao meu redor, protetores.

Fantasias, das mais loucas, começaram a me cutucar. Imagens do seu corpo sobre o meu, na areia da praia, debaixo dessa chuva toda... ah, isso seria incrível.

— Eu quero aqui e agora – comuniquei, resoluta.

— Não precisa ser hoje.

— Mas eu quero.

— Acabou o clima, Mel.

— Você já disse isso antes e eu provei que estava errado. – Meus lábios encheram seu rosto de beijos, escorregando até sua boca molhada. Não demorou muito e estávamos os dois rolando na areia, pilhados.

A partir daí não fiz nenhuma besteira. Deixei-me guiar pela intuição e pelas vontades do meu corpo. Eu clamava por ele, num desejo que me arrebatou.

E, caramba, foi bom demais!

Estava tudo perfeito: a chuva, a praia, aquele fogo interno, as palmeiras que balançavam com o vento, nossos corpos unidos numa dança instintiva, selvagem, transcendental.

Naquele dia, eu me deixei amar loucamente, afastando o medo insano, aquela voz vinda diretamente do meu ego que, vez ou outra, queria detonar com tudo. Debaixo daquela tempestade, eu o amei mais do que a mim mesma.

Ser bem-sucedido

me cobrir de beijos

rosto angelical

, carismático

olhos claros

Me achará linda de qualquer manei

Ser bem-sucedido

eremos um só, para sempre.

precisa ser lindo

Ele só pensará em mim

romântico ao extre

ntico ao extremo

rosto angelical

obrir de beijos

Juntos seremos um só, para sem

olhos claros

Me achará linda de qualquer maneira

sempre.

precisa ser lindo

Ele só pensará em mim

Inteligente, divertido, carismático

me cobrir de beijos

Inteligente, divertido, carismático

rosto angelical

olhos claros

Me achará linda de qualquer maneira

Juntos seremos um só, para sempre.

precisa ser lindo

Ser bem-sucedido

romântico ao extremo

Ele só pensará em mim

Capítulo 25

Já é fim de tarde quando escancaro a porta do meu quarto para Nauane entrar. Ela deixa as malas num canto e se joga na minha cama, retomando a conversa iniciada ainda na recepção da pousada.

— E então, vamos colocar o plano em prática? – ela incita e eu recuo.

— Nem pensar! Não vou melar esse noivado, isso é demais até para mim. – Um tanto estressada, deixo-me cair ao seu lado. – Nanie, e se eu só estiver com ciúmes?

— Ah, no começo pensei mesmo se tratar disso.

— Quando sua opinião mudou? – indago, ansiosa.

— Você sempre mascarou o amor que sente por ele. Vira e mexe o cara entrava nas nossas conversas. E os seus relacionamentos sem futuro? Meu, você realmente não queria se envolver, já que seu coração sempre pertenceu e sempre será do Bernardo.

Fito minha sábia amiga. Há um sorriso de cumplicidade brincando entre suas sardas fofas. Os cabelos castanhos estão espalhados sobre o lençol e ela me encara como se soubesse o que eu vou dizer logo em seguida:

— Se ele se casar, serei a mulher mais infeliz desse mundo.

— Eu sei, por isso cheguei em boa hora. Ainda há tempo de ferrar com tudo.

Levo Nauane para um tour pela pousada. Ela esteve aqui por três vezes, mas algumas coisas mudaram desde sua última visita. Meus avós a adoram e Espírito também. Aliás, meu pai até saiu mais cedo do hospital para o jantar em homenagem a essa visita mais do que aguardada.

Relembramos momentos hilários da faculdade e da agência de propaganda. Nanie conta como chutei as bolas do Roger durante aquela reunião importante para a empresa. Minha avó chora de tanto rir. Que bom que minhas histórias os divertem.

Após o banquete, resolvemos sair à caça de uma balada. Estou usando um vestido azul curto e uma jaqueta jeans por cima. Nanie preferiu uma bermuda preta de alfaiataria e uma blusinha branca de gola rolê. Nos pés, sapatilhas megaconfortáveis.

Não há nada de interessante nesta cidade hoje. Poucos bares estão abertos e o único que nos chama a atenção pode se mostrar uma péssima ideia. Após deliberarmos os prós e contras, desistimos. Quando já estamos virando as costas, eis que uma voz rouca e extremamente sexy chama o meu nome.

Guilherme.

— Finalmente deu as caras, Melina. – Ele se aproxima e não há para onde fugir.

— E aí, Gui? – Noto que ele e Nanie trocam olhares quentes e tenho que me conter para não rir. Apresento minha melhor amiga no mundo e não é que o Guilherme está jogando o maior charme para cima dela? Galinha, sempre galinha.

— Sejam bem-vindas ao Boteco Nas Costas Do Padre. – Ele toma as mãos de Nanie, dando um beijo em ambas. Que malandro safado.

Nas Costas Do Padre não era o nome oficial do bar. Mas Guilherme, como todo criativo inveterado, mudou a alcunha do boteco que se localiza atrás da igreja. O padre não deve ter ficado lá muito satisfeito.

— É um imenso prazer conhecê-lo – minha amiga diz, com sua melhor voz sedutora. Ah, meu Deus, devo me preocupar? Enfim, ela sabe onde está se metendo, já contei poucas e boas do Guilherme.

— E então, vamos entrar? – ele pergunta, sorrindo para Nanie.

— O bar está lotado, talvez outro dia – digo, puxando-a pelo braço.

— Nada disso. O bar está cheio, mas estou com uma mesa bem em frente ao palco. Estamos só eu e um amigo. Será um prazer ter a companhia de tão belas mulheres.

Devo vomitar agora ou mais tarde? Guilherme é tão meloso que chega a me causar náuseas.

— Melina? – Ele me encara, aguardando uma resposta.

Meu olhar recai sobre Nauane e suas pupilas parecem pular dentro das órbitas. Sei que ela quer ficar e não tenho como recusar. Contrariando todo o meu bom senso – já não tenho muito mesmo –, decido:

— Ok, vamos ficar.

O boteco está atulhado de pessoas que aguardam a banda subir ao palco. É um lugar jeitoso, rústico e com um ar vintage que chama a minha atenção. Há uma imensa estante de madeira, com inúmeras garrafas de uísque, todas etiquetadas com o nome do dono da bebida. Esse bar sempre foi o point dos amantes de destilados e jogadores de pôquer.

Desviamos de garçons e pessoas falantes, chegando à mesa apontada por Guilherme. Quando miro as costas do amigo dele, a respiração falha de imediato. Meus pés fincam no chão e eu me recuso a andar.

Notando que estou prestes a correr para bem longe, Guilherme passa o braço sobre meus ombros, sussurrando a seguir:

— Ele não morde, fique tranquila.

— Gui, não posso ficar.

— Ah, você pode, sim. – Ele praticamente me arrasta até a mesa. Ainda tento me desvencilhar, mas, então, Bernardo gira a cabeça e nossos olhares se encontram em meio ao burburinho. Assim fica difícil recuar.

— Olhe quem eu achei perdida por aí. – Guilherme faz as honras, puxando duas cadeiras para sentarmos. – Esta aqui é a famosa Nauane, de quem o Espírito sempre fala. – Ele a apresenta e não sei o que fazer ou dizer. Afinal, onde está a noiva dele?

Com as duas mãos, Guilherme força meus ombros para baixo e eu me sento, contrariada. Parece que zilhões de alfinetes espetam a minha bunda e uma angústia sem precedentes cresce em meu peito.

— Boa noite, Mel. – Bernardo acena com a cabeça e parece tão ou mais alarmado do que eu.

— Oi, Ben – respondo, num fio de voz.

— Chope? – Guilherme chama o garçom.

— Parei de beber – aviso, e aqueles três me olham como se eu não fosse deste planeta. – Qual o espanto? – irrito-me.

— Suco de limão? – Guilherme oferece.

— Pode ser. – Dou de ombros.

Nesse momento, Nanie e Bernardo engatam uma conversa e eu começo a temer com possíveis especulações sobre o meu passado. Ela me lança uma piscadela e eu relaxo, na certeza de que minha amiga não dirá nada além do necessário.

A banda sobe ao palco e a galera aplaude, ensandecida. Nos primeiros acordes, entendo o porquê de o boteco estar lotado. O show de blues começa e eu giro a cadeira para a frente, ao lado de Guilherme. Apesar de estar louca para dar uma olhada de esguelha, finjo que Ben e Nanie não estão ali, na maior fofoca.

Mas sobre o que esses dois tanto falam?

Noto uma movimentação atrás de mim. Giro o pescoço e Bernardo se levanta, com o celular na mão. Diz qualquer coisa e se dirige para a saída do bar. Encaro Nanie com as sobrancelhas bem erguidas, interrogativas.

— É do hospital – ela revela.

— Hum. – Levo os cotovelos à mesa, sustentando a cabeça entre as mãos. – Sobre o que estavam falando?

— O que acha? – Ela me lança aquele sorriso enigmático que odeio.

— Não é óbvio? – Guilherme se mete.

— E quanto a você, senhor Guilherme, o que pensa estar fazendo? – pergunto.

— Quer realmente saber? – Apesar de o som estar alto, escuto perfeitamente a sua voz. – Tenho esperanças que sua chegada destrua aquele casamento fadado à infelicidade. – Engulo com dificuldade e ele continua: – O Bernardo não pode se casar com aquela mocreia, não suporto a ideia de o meu amigo entrar nessa roubada. Só você pode salvá-lo de cometer um grave erro, Melina.

Nanie e eu nos entreolhamos, pasmas. Tenho que repetir mentalmente o que acabo de ouvir. A expressão de Guilherme comprova a veracidade de seu desabafo.

— Olha, Guilherme, não sei sua versão dos fatos, mas concordo plenamente com você. – Nanie joga a merda na mesa e eu levo as mãos à cabeça, prevendo a união desses dois contra o casamento de Bernardo e sua megera.

— Parem – peço, suplicante. – Vocês não sabem o que estão dizendo.

— Ele não ama a Samantha. – Guilherme coloca sua mão sobre a minha. – Ele nunca amou outra mulher.

— Ele disse isso a você? – Estou prestes a surtar.

— Nem precisa. Eu sei. – Guilherme respira e me encara nos olhos. – Quando você foi embora, ficamos brigados por algum tempo. A Samantha se aproveitou do momento de fragilidade e deu o bote.

— O Espírito me disse que ela não é tão ruim assim. Até o incentivou a estudar fora do país, mesmo sabendo que poderia perdê-lo. – Sério mesmo que estou defendendo aquela tosca?

— Como você é inocente, Mel. – Ele ri na minha cara. – A mimadinha só fez isso por acreditar que, se ele ficasse no Brasil, poderia ter uma recaída e correr atrás de você. – Guilherme aperta a minha mão. – Ainda acha que ela agiu de boa-fé?

Ah, agora está tudo muito claro. Eu achava mesmo que faltava uma peça nesse quebra-cabeças do capeta.

— Biscate – murmuro, entredentes.

Bernardo volta para a mesa e o assunto morre. Desculpa-se por precisar sair às pressas, mas há uma emergência no hospital. Despede-se de Nanie com um beijo no rosto, de Guilherme com um aperto de mão firme e da sem-noção aqui apenas um meneio de cabeça.

Oh, mundo cruel!

Quando Bernardo nos deixa a sós, esses dois bem que tentam voltar ao assunto "melando o casamento", mas corto o papo pela raiz. Se for como Guilherme contou, não serei eu a colocar um ponto-final nisso. Mas tenho que dar o braço a torcer: eu adoraria ver aquela arrogante se ferrar.

Inteligente, divertido, carismático

me cobrir de beijos

rosto angelical

olhos claros

Me achará linda de qualquer maneira

Juntos seremos um só, para sempre.

precisa ser lindo

Capítulo 26

Ser bem-sucedido

romântico ao extremo

Ele só pensará em mim

Minha história com a Samantha é de longa data. Estudávamos no mesmo colégio, com a diferença de um ano. Ela estava na sala do Bernardo e, como toda garota intragável, ele era o único gente boa que conseguia aturá-la.

Obviamente, ficaram amigos.

O Ben se dava com qualquer pessoa, independentemente de raça, credo ou cor. Talvez seja o seu carisma natural, talvez as pessoas percebam que ele realmente se importa. Não sei dizer o que é. Mas ele tem essa aura, essa coisa que nos atrai, e a empatia é imediata.

Meus avós e os do Bernardo sempre foram muito amigos, e, desde pequenos, brincávamos juntos. Vez ou outra ele trazia a Samantha, mas eu não suportava a garota mimada e de nariz empinado.

Com minha personalidade explosiva, não tolerava seus mandos e desmandos. Quando crianças, as brincadeiras sempre terminavam em mordidas ou puxões de cabelo. Conforme crescíamos, começamos a sair no tapa. Até que meu avô achou por bem não me deixar mais brincar com aquela mala. Obrigada, vovô.

A Samantha vivia dizendo que Bernardo era seu namorado. Acho que eles tinham uns oito ou nove anos naquela época. Ele apenas ria, mas eu não achava a menor graça. Lembro que uma vez, acho que eu tinha uns dez anos, a peguei pelo colarinho engomado e apertei sua garganta, dizendo:

— Pare de se gabar. Ele nunca será seu namorado.

— Você está com inveja – ela rebateu, furiosa.

— Nem estou. E quer saber? Quem vai se casar com ele sou eu.

Mas o problema entre nós não se restringia ao Bernardo. Ela me odiava e a recíproca é verdadeira até hoje. Eu bem que tentei ser legal, afinal, ela era amiga do meu melhor amigo. Mas não dava, era impossível, meu santo nunca bateu com o dela.

Ela aprontou muito comigo no colégio, num bullying descarado. Por sorte, seu único amigo era o Ben, e, sendo assim, eu revidava com a ajuda da turma toda. Fui cruel algumas vezes, mas ela mereceu. Sempre merecia.

Os anos foram passando e ela acabou fazendo novas amizades. As garotas eram como ela, ou seja, um bando de pés no saco. Achei bom aquilo ter acontecido, só assim ela desgrudou do calcanhar do Bernardo.

No dia daquele luau, incitada pelas amigas patricinhas, ela tentou agarrá-lo. Rememoro que assistia à cena de longe e tinha certeza de que ele a afastaria. Dito e feito. Samantha chorou horrores quando soube que aquele primeiro beijo tinha sido meu... um tanto aos tropeços, é verdade, mas foi meu.

O ódio dela se tornou mortal quando Bernardo passou do status de melhor amigo para meu ficante sério. Ela vivia chorando pelos cantos, numa tristeza que chegou a me dar pena. Mas logo ela se recuperou e, sempre que tinha a chance, dava um jeito de me ferrar, como na história com o Guilherme.

"Melar esse casamento" seria uma cartada final, um tapa na cara que a derrubaria para sempre. Mas o que vou ganhar com isso? Epa, espere aí! Eu tenho muito a ganhar. E o prêmio será o meu homem perfeito!

— Ok, Nanie, qual é o seu plano?

— Finalmente tomou juízo nessa cabeça. – Ela me dá um beijo na testa. – Realmente eu tenho um plano. E dos bons. Pronta para ouvir?

— Desembucha logo que estou com comichão.

Jogadas em minha cama, ela desembesta a falar enquanto anoto as ideias quentes. Nesse momento, sei que o que sinto por Bernardo não é apenas ciúmes do seu relacionamento com minha eterna inimiga. É amor, sempre foi.

Quando ela termina de narrar os detalhes sórdidos, nós nos encaramos e caímos na gargalhada. Bernardo não terá a menor chance, e esse noivado está com os dias contados.

Estou pronta para o primeiro ataque, vestida para matar... de amor, claro. Estou usando um vestido branco, semitransparente, hipercurto com um casaquinho por cima. Cai uma chuva medonha do lado de fora e Nanie bate palmas, entusiasmada com a colaboração da mãe natureza.

Mas não é só a chuva que está colaborando com seu plano. Guilherme acaba de ligar dizendo que Bernardo está em casa, sozinho. Segundo ele, a vagaba está de plantão no hospital.

Nauane me estende a caixinha preta forrada de cetim. Abro-a e sinto uma tristeza me inundar. Aquela aliança de compromisso, que deveria ter marcado o início da minha vida adulta, carrega o significado do fim de um relacionamento.

Eu tinha merda na cabeça, só pode!

— Que bom que guardou essa aliança. – Ela ajeita uma mecha teimosa do meu cabelo. – É a desculpa perfeita para procurá-lo.

— Será que os fins justificam os meios? Me sinto uma vadia usando algo tão importante para ferrar com esse noivado. Posso desistir? – suspiro, incerta.

— Se você desistir, garanto que se arrependerá pelo resto da vida por não ter ao menos tentado.

— Não seria mais fácil chegar e dizer o que sinto? – questiono, ainda indecisa.

— Você fará isso hoje mesmo, caso ele dê abertura. Pronta para conquistar sua felicidade eterna?

— Pronta.

— Certo. Borrife um pouco de perfume nesse pescoço e vamos lá.

Nauane estaciona seu carro a uma distância segura. Desliga os faróis e a chuva continua torrencial. Seguro a caixinha preta entre as mãos trêmulas. Estou ansiosa e hesito.

— Nanie, eu não tenho certeza sobre isso.

— Quer mesmo desistir? – Ela liga a iluminação interna e me encara. – Se eles se casarem, terá que conviver com isso.

Atento-me aos meus pensamentos oscilantes. Meu olhar vagueia pela avenida à beira-mar, sem qualquer movimento além da ação dos ventos que surgem de vários cantos. Nanie aguarda, pacientemente. Sei que ela acatará minha decisão, qualquer que seja.

— Certo, eu vou. Mas, veja bem, não vou seduzi-lo conforme o plano.

— Com esse vestido, nem precisará se esforçar. – Ela cai na gargalhada e acabo sorrindo também, um tanto receosa.

— Sabe o que parece? Que estou trapaceando – comento, olhando para a caixinha.

— Não vejo dessa forma, juro mesmo. – Nanie aponta para a casa de Bernardo. – A luz da sala está acesa, aproveite o momento e faça como combinamos: toque a campainha e dê as costas, fingindo que desistiu.

— Todo esse teatro é mesmo necessário?

— Ok, faça o que achar melhor. Mas vá! – Ela se joga sobre mim e abre a porta.– Ande, Melina.

— Não vá embora – peço, encarecidamente.

— Vou esperar por uns vinte minutos. Se você não voltar, irei saltitante de volta para a pousada.

Desço do carro, agoniada. Meus passos são vacilantes e imprecisos. Não preciso de muito tempo debaixo desta chuva para o vestido colar-se ao corpo, ensopado. Ainda não acredito que concordei com isso.

A casa do Bernardo se parece com o reduto de alguém que curte a vida na praia, numa mescla interessante de simplicidade e reaproveitamento de materiais. A fachada é larga e há uma garagem com lugar para três carros. Reconheço sua Pajero, e a moto é novidade para mim.

Segundo Espírito, ele construiu essa casa tão logo voltou a Paraty, há dois anos. Há muita madeira, tijolos de demolição e imensas janelas de vidro fumê. Não sei o que se passa lá dentro, mas tenho certeza de que ele sabe o que acontece do lado de fora.

Aproximo-me do sobrado, tremendo de frio e, talvez, covardia. Não há portões e o acesso é fácil até a entrada principal. Estufo o peito, empino o nariz, encolho a barriga e encaro meu destino.

Subo quatro degraus e estou debaixo de uma cobertura transparente. A porta de entrada é lindíssima, em madeira que se abre em duas folhas, e tenho a impressão de que foi completamente restaurada.

A campainha soa alta aos ouvidos. Conto até três e viro as costas, doida para sair correndo, entrar no carro da Nanie e me mandar daqui. Ainda não sei se felizmente ou infelizmente, mas não chego ao último degrau.

Ser bem-sucedido

rosto angelical

me cobrir de beijos

carismático

olhos claros

Me achará linda de qualquer maneira

Ser bem-sucedido

seremos um só, para sempre.

precisa ser lindo

Ele só pensará em mim

romântico ao extre

ntico ao extremo

rosto angelical

obrir de beijos

Juntos seremos um só, para sem

olhos claros

Me achará linda de qualquer maneira

sempre.

precisa ser lindo

Ele só pensará em mim

Inteligente, divertido, carismático

Capítulo 27

— Melina? – Sua voz é um bálsamo e, em contrapartida, um martírio. Não me viro para encará-lo, ainda estou decidindo o que fazer. – Mel, você está ensopada, o que houve? – Ouço sua aproximação, sinto calafrios quando suas mãos tocam meus braços cobertos pelo casaquinho.

— Desculpe, Ben. Eu… eu não deveria ter vindo. – Saio pela chuva, mas não vou muito longe. Logo ele pega minha mão, girando-me para encará-lo.

Acho que terei uma síncope. Bernardo está apenas de bermuda, com o peitoral malhado desnudo. E depois a trapaceira sou eu?

— Vamos entrar, você vai pegar um resfriado ou coisa pior. – Gotas de água deslizam por seus cabelos, molhando o rosto angelical, descendo entre os pelos dourados do tórax. Respiro com dificuldade, buscando o controle a qualquer custo. – Onde está o seu carro? – Ele procura pela avenida, mas o carro da Nanie não está visível.

— A Nauane me deixou aqui – digo, cabisbaixa. – Olhe, não foi uma boa ideia. Pode chamar um táxi?

— Você não está mais em São Paulo, Melina – ele explica o óbvio. – Entre, troque essa roupa molhada e eu a levo para a pousada.

Uau. A sala principal não é suntuosa, está mais para aquele tipo que abraça, sem intenção de soltar. Noto influências femininas na decoração, apesar disso não vejo a mão de Samantha por aqui. É provável que Bernardo tenha contratado alguém com experiência, ainda assim existem objetos intimistas, bem pessoais.

Há uma cozinha gourmet, muito bem equipada, numa mescla interessante de aço inox de última geração e móveis mais rústicos e requintados. Hoje em dia, o rústico é chiquérrimo.

Bem no meio da sala, há uma escada em madeira, num design charmoso que divide o ambiente. Na parte superior, vejo um mezanino incrível, que sustenta um escritório e uma estante gigantesca, repleta de livros. Vovô ficaria de queixo caído.

Estou molhando o piso de cedro e não estou nada à vontade com a situação. Bernardo percebe meu embaraço e toma minha mão, dizendo que me levará ao quarto.

Ah, Nauane ficaria bem satisfeita com esse convite.

Recuso, afinal não quero sair pingando por toda a casa. Peço uma toalha e ele se apressa. Enquanto isso, absorvo o ambiente, cada detalhe daquele refúgio que reflete parte da personalidade de Bernardo.

A toalha chega e ele está ofegante.

— Tire esse casaco. – Obedeço, tirando também a rasteira dourada que era nova e, agora, está imprestável.

Ele abre a toalha, colocando-a sobre meus ombros, ficando próximo o bastante para exalar seu delicioso aroma em minhas narinas. Ai, Deus, socorro!

— Precisa tirar esse vestido. – Hum, Nanie surtaria neste exato segundo.

— Não há necessidade, Ben.

— Não foi um pedido, é uma ordem médica. – Nesse caso, acato, seguindo-o escada acima.

Caramba, a casa é imensa. Passamos pelo mezanino e entramos num largo corredor, repleto de quadros e fotos. Não me atento a nenhuma imagem em especial, apesar de a curiosidade estar me corroendo.

— Por aqui. – Ele abre uma porta e atravesso o umbral.

Droga, esse é o quarto dele.

Bernardo abre as portas do guarda-roupa, tirando de lá camisetas e shorts que talvez sirvam. Digo que não quero incomodar, mas ele finge não escutar meus lamentos. Ele veste uma camisa polo, cobrindo aquele pedaço de mau caminho.

— Algo aqui deve servir. – Ele aponta para as roupas sobre a cama box, que está divinamente arrumada sobre um tablado de madeira rente ao chão. Dá um ar oriental ao quarto; aliás, vejo alguns objetos decorativos que me remetem de imediato ao Japão.

— Obrigada, Ben.

— Estarei lá embaixo, preparando algo quente para você.

— Não precisa, de verdade. – Seguro seu braço antes que ele se vá. Um grande erro. Sou arremessada ao passado, num turbilhão de acontecimentos trágicos. Não posso nem pensar em devolver essa aliança; será doloroso demais para mim.

Noto que Bernardo se segura como pode. Solto seu braço e me afasto. Ele retoma o controle da respiração e desvia o olhar, saindo do quarto, cabisbaixo.

O que estou fazendo? Por que estou me prestando a isso? Olho minha imagem refletida num espelho de corpo inteiro e tenho vontade de me socar, com força. Não posso brincar com os sentimentos desse homem. Não que eu esteja me divertindo, não é isso. Mas a forma como vim parar aqui, neste quarto, não foi das mais verdadeiras.

Tiro o vestido, que se prende ao meu corpo de forma indecente. Visto uma camiseta branca e um short preto, desses com cordão na cintura. Apesar de grande, ajeita-se aos quadris e a camiseta tapa as bordas da calcinha.

Olho-me mais uma vez no espelho. Começo a sentir raiva de mim, do que estava a ponto de fazer. Não tenho esse direito. Perdi Bernardo naquela balada quando me atirei nos braços de seu melhor amigo. Não sou digna desse homem e ponto-final.

Seco os olhos marejados e embrulho a caixinha preta no vestido molhado. Conto até dez para me acalmar, mas o efeito é o contrário. Numa tensão descontrolada, deixo o quarto do Ben, a caminho do andar de baixo.

Ele me aguarda na cozinha, sentado sobre um banco alto forrado em couro caramelo. Aponta para uma caneca fumegante e, pelo aroma, chuto ser chá de camomila. Acho que leu meus pensamentos, tomara que essa erva me nocauteie.

— Ficou bem em você. – Ele parece estar se divertindo com meu visual.

— Sei que sim – ironizo. – E obrigada pelo chá.

— Disponha. – Após um silêncio esmagador, ele indaga: – O que veio fazer aqui, Mel?

— Sei lá, Ben. – Dou de ombros, bebericando da caneca. – Quer saber? Não sei o que deu na minha cabeça. Mas você me conhece, sou impulsiva e um tanto maluca.

— Dois traços de personalidade que me fizeram gamar em você. – ele revela e eu engasgo.

Recuperada do choque e acho que ruborizada, deixo a caneca sobre o balcão de madeira. Abraço o vestido molhado contra o peito e tenho que sair já daqui ou não respondo por meus atos.

— Poderia me levar para casa? Eu até iria caminhando, mas essa chuva está pesada.

— Eu vi a caixinha quando você chegou, Melina.

— Que caixinha? – Tropeço nas palavras.

— Essa aí embrulhada no seu vestido. – Ele aponta e eu fico pálida. – Veio para me devolver, é isso?

Aturdida com a pergunta, não respondo de imediato. Ele me fita num ar melancólico que me deixa apreensiva. Essa conversa está tomando rumos indefinidos, começo a ficar com medo do que virá a seguir.

— Naquele dia, eu a forcei a ficar com a aliança. Sentiu-se na obrigação de guardar? Achei que já tivesse se desfeito dela.

— Nunca – nem penso para responder.

— Nunca? – Ele ergue as sobrancelhas, intrigado com minha rápida resposta. – Está me deixando confuso, Mel. Veio para me devolver a aliança ou não?

Ele aperta e eu espano.

— Ok, eu confesso. – Levanto uma das mãos, em sinal de rendição. – Toda essa cena foi armada. A escolha do horário, o vestido sensual, meus cabelos soltos, até a chuva ajudou.

— O que está querendo me dizer? – Ele se levanta e vejo trevas se formando sobre aqueles olhos verdes translúcidos.

— Que eu armei para cima de você – atiro.

— Com qual intuito? – Bernardo me fuzila com o olhar.

Meus lábios tremem, mas preciso falar.

— Desestabilizar você.

— Por quê?

— Não direi mais nada, Ben. Por favor, me perdoe. – Há tensão em minha voz e eu me sinto febril. – Estou sem o meu celular, posso ligar para a Nanie vir me buscar?

— Acha mesmo que deixarei você ir embora assim? Não vai, não sem antes me dizer tudo. Por que quer me desestabilizar?

— Não me peça para falar sobre os motivos. Eu já me entreguei, isso não basta?

— Claro que não! – Ele está transtornado, mas, então, baixa o tom de voz e murmura, com os olhos fechados: – Melina, o que sente por mim?

— Ben...

Ele se aproxima e toma meu rosto entre as mãos frias. Sinto-me fraquejar.

— O que sente por mim, Mel?

— Não quero dizer, não posso.

— Eu quero saber. Eu preciso saber. – Ele me prende em seu olhar torturado.

Meus lábios se movem, mas não deixo que nenhuma palavra escape da minha boca. Nesse momento, ele encosta sua testa na minha, e novamente fecha os olhos. Droga, como posso resistir a isso?

— Por favor, Mel. O que sente por mim?

— Eu... eu... eu amo você, Ben. Sempre amei.

Um gemido escapa de seus lábios entreabertos, talvez pasmos com minha revelação bombástica. Será que ele não sabia, não havia percebido os sinais?

Meus olhos estão bem fechados, mas escuto sua respiração entrecortada. Suas mãos tremem em meu rosto, cada vez mais geladas. Ele não se move, talvez esteja cogitando as possibilidades a partir daqui. Bernardo é do tipo que não age sem antes pensar duas vezes, ponderar as consequências.

Sem qualquer aviso, ele me solta e avança sobre um aparador lateral, jogando todos os objetos ao chão. Dois vasos de cristal se estilhaçam ruidosamente e um pavor insano sobe pela minha garganta.

O que eu fui fazer?

Bernardo não sustenta o próprio peso e desaba no chão. Afunda o rosto nas mãos e o ouço soluçar. Meu peito arde, em súplica. Estou destruída com a cena, não consigo aguentar a pressão que me estraçalha.

Ajoelho-me ao seu lado, pedindo que me escute, que olhe para mim. Ele não o faz e me afasta, bruscamente. Quando eleva o olhar agonizante na minha direção, me sinto morrer.

— Por que voltou, Melina? Por que agora? – Seu tom é desesperado.

— Eu não sabia que você tinha voltado ao Brasil, muito menos que estava noivo. Ninguém me contou, acharam que assim me poupariam – defendo-me, mas não há salvação para mim. – Esqueça o que eu disse, finja que nunca estive aqui.

— Ligue para a sua amiga e vá embora, por favor. – Ah, acabo de morrer pela segunda vez.

Levanto-me do chão, sem conseguir firmar as pernas. Procuro o telefone e encontro sobre uma mesa lateral. Meus dedos tremem e por pouco não consigo completar a chamada.

— Nanie. – Estou aos prantos.

— Ai. Meu. Deus. Se acalme, estou indo.

Desligo e não consigo colocar o aparelho no lugar. Forço-me a engolir o choro e tirar forças do além, se for necessário. Não quero olhar para ele, mas preciso. Giro a cabeça e o vejo no chão, gemendo, como se estivesse com uma dor aguda. E a culpa é toda minha.

Não me despeço de Bernardo e, aos prantos, aguardo Nanie debaixo do dilúvio que desagua sobre Paraty. Eu me sinto um lixo, a pior mulher sobre a face da Terra. Eu deveria ter deixado as coisas como estavam, mas não, eu tinha mesmo que ferrar não só com a minha vida, mas também com a dele.

— Melina. – Assusto-me, não senti sua aproximação.

Giro sobre as rasteiras e nossos olhares se encontram bem no momento em que um raio prateado se abre no céu, como uma teia de aranha. É exatamente como uma aranha que me sinto: enredei esse homem e abocanhei seu destino.

Numa pontualidade que me alivia, Nanie para o carro em frente à casa de Bernardo. Ele não diz nada, muito menos eu. Ficamos ali, nos encarando, em meio ao caos da tempestade.

— Eu preciso ir. – Finalmente algo sensato sai da minha boca.

Faço menção de lhe dar as costas e uma força me detém. Quando percebo, ele segura meu braço, mas não me pede para ficar. Tento lutar contra um impulso que se forma, queimando minhas veias. Perco a batalha comigo mesma, e, nesse instante, me atiro sobre seus lábios, como se fosse a última vez.

É um beijo frio, calculado. Quando Bernardo tenta me prender naquele abraço abrasador, eu me afasto, sem tirar os olhos dele. Abro a porta do carro e praticamente despenco lá dentro, pedindo a Nanie que arranque dali o mais rápido possível.

Ser bem-sucedido

rosto angelical

me cobrir de beijos

carismático

olhos claros

Me achará linda de qualquer maneira

Ser bem-sucedido

seremos um só, para sempre.

precisa ser lindo

Ele só pensará em mim

romântico ao extremo

ântico ao extremo

brir de beijos

rosto angelical

Juntos seremos um só, para sem

olhos claros

Me achará linda de qualquer maneira

empre.

precisa ser lindo

Ele só pensará em mim

Inteligente, divertido, carismático

Inteligente, divertido, carismático

me cobrir de beijos

olhos claros

rosto angelical

Juntos seremos um só, para sempre.

Me achará linda de qualquer maneira

precisa ser lindo

Ser bem-sucedido

romântico ao extremo

Ele só pensará em mim

Capítulo 28

Estou me acabando de tanto chorar e odeio isso.

Nauane me deu um banho quente, eu não conseguia nem ficar de pé. Estamos deitadas na minha cama e minha melhor amiga faz tranças nos meus cabelos úmidos. Conto tudo a ela, despejo toda a carga que se acumula em meus ombros. Ela me chama de dramática umas quinhentas vezes, mas isso não vem ao caso.

— O que acontecerá agora? – questiono.

— Não faço ideia. Só espero que Bernardo não pense que você está apenas se vingando da baranga.

— Do jeito que sou sortuda, é claro que ele pensará isso – mortifico-me. – Nanie, por mais que eu diga que o amo, ele não acredita. Eu mesma duvido!

— Duvida porque é uma dramática sem noção – ela bufa, indignada. – Eu vejo nos seus olhos e, Melina, esse amor é tão forte que chega a ser palpável. As sensações e sentimentos que descreve não são comuns para a maioria da população humana, garanto isso a você. Aliás, nunca me senti dessa maneira.

— Eu achei que pudesse viver sem ele, sem o fantasma de outro abandono. Escondi meu amor, me enfiando em relacionamentos podres, na vã tentativa de provar a mim mesma que sou errada, que não mereço a felicidade.

— Dramática. – Com essa afirmação, são quinhentas e duas vezes.

— Me mate agora. – Ergo os punhos, sustentando os braços no ar.

— Cale a boca. – Nanie dá um tapa em minhas mãos, encarando-me com profundidade. – Independente do que aconteça a partir de agora, pelo menos você tentou. Contra sua vontade, foi lá e disse o que sente. Não se arrependa de nada, não há motivos para isso.

— Obrigada, Nanie, de verdade.

Após uma noite tenebrosa, o dia despertou com um sol escandaloso. Meus avós me liberaram dos afazeres na pousada, mas só até Nauane voltar para São Paulo. Mal comecei a trabalhar e já estou de férias, o que me leva a pensar que minha vida não é tão horrível assim.

Estamos na Praia do Pontal, no centro de Paraty. Nauane está a fim de torrar ao sol e eu tento me esconder dele, mergulhando debaixo do guarda-sol. O garçom traz espetinhos de camarão e eu desisti desse negócio de parar de beber. Mas é só uma batida de coco, nada demais.

A última imagem de Bernardo corrói o meu sistema nervoso, dando curtos-circuitos, destruindo os poucos neurônios que tenho. Já que ficarei sem cérebro, então beberei a isso.

— O Guilherme me ligou hoje cedo, quando você estava no banho. – Os olhos de Nanie estão bem escondidos debaixo dos óculos de sol e não sei para onde ela está olhando neste momento.

— E quando pretendia me contar?

— Estou contando agora, pô. — ela estressa.

— E? – Faço minha melhor cara de paisagem.

— Ele nos convidou para ir ao bar hoje. Vai rolar uma banda eclética por lá.

— O que você respondeu?

— Eu disse que falaria com você. – Nanie aguarda e, como não digo nada, ela questiona: – Vai comigo, não é?

— Está a fim dele? – Ah, que pergunta óbvia. – Bem, você já é grandinha e sabe onde está se metendo. – Aproximo-me, tocando seu braço febril. – Eu vou com uma condição.

— Peça o que quiser.

— Saia desse sol agora, você está fritando.

— Demorou! – Ela puxa a cadeira para debaixo do guarda-sol e comemora, efusiva. – Valeu mesmo, Mel.

— Para não ficar de vela, levarei o Espírito comigo.

E lá vamos nós encher a cara Nas Costas do Padre. Sim, vou beber até cair. Eu sei, minha palavra não anda valendo muita coisa ultimamente. Mas, entenda, eu preciso muito esquecer.

Chegamos ao boteco e Guilherme reservou a melhor mesa do lugar. Dá para assistir ao show e estamos a centímetros do bar. Não tem essa de precisar laçar o garçom; qualquer coisa, pedimos diretamente ao barman.

A noite cai para dentro assim como litros de chope. Não sei se estou alucinando, mas acho que Nanie e Guilherme estão dançando no meio da pequena pista. Olho para o lado e vejo Espírito trocando uma ideia e também telefones com um cara que conheço de vista.

Só então me dou conta de que estou sozinha na mesa.

De repente, sinto um tremendo vazio, um incômodo depressivo. Compreenda, estou feliz por meus amigos terem se dado bem, mas a solidão é algo que me apavora, e, pela primeira vez na minha vida, tenho a sensação de que ficarei para titia.

Certo, não tenho tia, nem sobrinhos, o que isso quer dizer então?

Sinto um bafo de álcool em meu ouvido esquerdo. Apesar de enxergar borrões, sei que se trata do Espírito. Ele pergunta se eu gostaria de voltar para a pousada, já que resolveu dar uma esticada com o bonitinho dos cabelos compridos. Não sei como respondi, mas ele entendeu o que eu disse, tanto que me deu um beijo na testa antes de ir embora.

Na pista de dança, Nanie e Guilherme estão na maior pegação. Mãos bobas, línguas soltas, mordidas no pescoço... ah, isso está parecendo filme pornô de quinta categoria, não que exista algum de nível.

Enfim, essa é minha deixa.

Levanto-me e a cadeira cai para trás. Um tanto cambaleante, puxo o troço pelo encosto, tentando inutilmente firmar as pernas. Respiro fundo uma, duas, três vezes. E, então, aceno para Nanie que agora se aproxima, alarmada.

— Onde pensa que vai? – ela pergunta. – E cadê o Espírito?

— Relaxe. – Estou com o riso frouxo. – Aproveite a noite, vou para a pousada desmaiar.

— Sozinha?

— Eu estou bem, lindona, já disse para relaxar. – Eu deveria ser atriz, meu quatro com as pernas é perfeito, mesmo com tanto álcool na cabeça. – Deixarei a porta aberta, caso volte antes do amanhecer.

Indecisa, Nanie olha para Guilherme, que a chama para o meio da pista. Então, volta seu olhar apreensivo na minha direção. Sua preocupação com o meu bem-estar é uma dádiva que só amigas de verdade compartilham.

— Já disse, estou bem. Vá para a pista com o gostosão do Gui, curta a noite – aconselho.

— Ai, Mel, tem certeza?

— Absoluta. – Dou-lhe um beijo na bochecha sardenta. – Se voltar para a pousada sem ter levado esse cara para a cama, juro que lhe dou uns tapas.

— Ok, combinado.

Tropeçando nas próprias pernas, desisto de voltar à pousada. Se meu pai ou meus avós me virem nesse estado, estou ferradíssima. Nesse caso, caminho a esmo pelas ruas, equilibrando-me como posso.

Essa solidão está me esmagando e o vazio se mostra um tremendo buraco negro, sugando o pouco de energia que me resta. Sinto um desânimo se aninhando em meu peito, uma sensação horrível e pegajosa de amargura.

Sim, sou melodramática, mas sempre mantive meu astral lá no alto. Talvez por esse motivo eu esteja tão consternada com os inúmeros sentimentos ruins que me abatem. Tenho vontade de gritar e falar todos os palavrões que conheço. Não o faço. Tiro as rasteiras e afundo os pés na areia fria, pedindo aos céus que me deem forças, que recarreguem minhas baterias.

Vou espalhando areia conforme passo. Minha cabeça tomba para trás e eu fito as estrelas piscarem. Começo a viajar na maionese, perguntando--me se esse pisca-pisca não seria um código Morse, um aviso de que a vida é mesmo uma merda.

Nesse instante, contrariando todas as possibilidades existentes no universo, eis que meus olhos descortinam o impossível. Não sei se devo rir ou chorar, mas, independentemente do que farei a seguir, sussurro para o vento:

— Caraca, destino, isso é golpe baixo.

Bernardo está sentado na areia, acompanhado apenas por uma garrafa de vinho, que ele bebe diretamente do gargalo. Se percebeu a minha presença, ainda não esboçou qualquer reação.

Seu olhar está perdido no horizonte, onde dois navios de cruzeiro estão ancorados, com centenas de luzinhas acesas. Está pensativo e eu adoraria ter o poder de ler mentes.

Titubeio. Como ainda não me viu, posso muito bem dar as costas e voltar para o lugar de onde vim. Mente e corpo começam a digladiar e eu não faço ideia de quem sairá vencedor nessa batalha.

Ser bem-sucedido

rosto angelical

me cobrir de beijos

carismático

olhos claros

Me achará linda de qualquer manei

Ser bem-sucedido

eremos um só, para sempre.

precisa ser lindo

Ele só pensará em mim

romântico ao extre

ntico ao extremo

rosto angelical

obrir de beijos

Juntos seremos um só, para sem

olhos claros

Me achará linda de qualquer maneira

sempre.

precisa ser lindo

Ele só pensará em mim

Inteligente, divertido, carismático

Capítulo 29

Ah, merda, ele me viu.

Eu já estava recuando, pronta a dar as costas. Foi quando Ben ergueu a cabeça e me encarou, como se soubesse exatamente onde eu me encontrava. Meu corpo todo pinicou ao toque dos seus olhos e eu não tive coragem de simplesmente deixá-lo ali, tão sozinho e lindo.

Hesitei de puro charme. Ficamos nos encarando, numa troca de olhares elétricos, completamente absorvidos e, por que não, embevecidos de nossas figuras. Quando comecei a ficar incomodada, resolvi caminhar em sua direção.

Não estou tão bêbada quanto gostaria. Paro ao seu lado e ele não diz nada, apenas puxa minha mão para baixo e eu me sento. Oferece o vinho e eu não recuso, afinal, toda garrafa de bebida traz uma boa dose de coragem embutida.

E como estou precisando!

Ficamos ali, dividindo o vinho direto no gargalo, absortos no momento, fitando o horizonte estrelado. Nenhuma palavra é dita, apenas o som de nossas respirações quebra o silêncio.

Mas então, para meu total pavor, ele resolve começar a falar. E o que diz, olhos nos olhos, eleva minha pulsação às alturas. Sei que não adianta retrucar, nada mudará a imagem e a opinião que ele tem sobre mim.

— Você muda de ideia como quem troca de roupa, Mel. Disse que parou de beber, mas chegou trançando as pernas. Como posso confiar em qualquer coisa que saia da sua boca?

— Você tem razão – lamento.

— O afogamento não foi suficiente para você se tocar de que há algo errado? Não valeu de nada? – Ele faz uma pausa tensa. – As pessoas costumam mudar drasticamente após uma experiência dessas. E não tenho certeza de que você levou a sério o aviso que a vida lhe deu.

— Acha que foi um aviso? – murmuro, tristemente.

— Toda experiência de quase morte é um aviso – ele afirma e bebe o último gole da garrafa.

Silêncio aterrador.

Não acho que Bernardo esteja certo; o aviso não passou batido como ele afirma. Estou mais introspectiva, traçando planos a longo prazo, revendo minhas atitudes e até pensando com mais clareza.

E eu disse a ele o que sinto, abri o jogo. Eu o amo e sempre amei. Ontem, na sua casa, deixei o orgulho de lado e escancarei esse sentimento que me consome. Tudo bem que minha palavra vale o mesmo que um monte de merda de vaca.

Mas, pô, é a mais absoluta verdade!

Bernardo se remexe ao meu lado e se levanta, decidido. Segura a garrafa vazia com uma mão e a outra estende na minha direção.

— Eu a acompanho até a pousada. Não conseguirei ficar em paz sem saber se chegou inteira.

— Por que se importa? – metralho.

— Diferentemente de você, eu não vivo numa eterna crise existencial e realmente me importo com o bem-estar dos que me rodeiam. Vamos lá, me recrimine – ele incita, mas, ao invés de discutir, me calo.

Aquela mão enorme continua suspensa no ar, aguardando. Depois de muito deliberar com meus botões, aceito sua ajuda e me levanto, totalmente zonza. Elimino o excesso de areia do vestido e, lado a lado, seguimos para a pousada.

Mantemos o silêncio por boa parte do trajeto. Estamos distantes por alguns centímetros e vez ou outra acabo tombando de lado, esbarrando naqueles braços fortes, másculos, peludos... ai, que Deus me ajude.

— Sua amiga já voltou para São Paulo? – ele finalmente diz alguma coisa.

— Não. Ela está com o Gui.

— O cara não perde tempo – seus lábios desenham a linha de um sorriso incrédulo. – Avisou a ela dos perigos?

— Fui bem clara – afirmo, categórica.

Então, num impulso ensandecido, seguro seu braço – forte, másculo, peludo – e paramos de caminhar. Meu olhar se joga para dentro daqueles olhos verdes translúcidos e eu faço a pergunta que me corrói até a alma:

— Por que a Samantha?

— Está me sacaneando? Essa pergunta não pode ser séria.

— Você poderia ter a mulher que desejasse, por que ela? – Há raiva no meu tom de voz.

— Porque a mulher que eu realmente queria não estava disponível. – Ele massacra e depois cospe na carcaça. – A Samantha pode ser o que for, mas ela me ama, Melina.

— E a recíproca é verdadeira? – provoco.

— Isso não vem ao caso. Quer discutir? Eu posso atirar na sua cara uma porrada de coisas, o Espírito sempre me manteve a par dos seus relacionamentos destrutivos.

— Ele manteve, é? – Estou tremendo de ódio. – E o que você tem a ver com isso?

— Exatamente. Eu não tenho nada a ver com isso, então, por favor, pare de falar da Samantha.

— Ah, quer saber? Volte para os braços daquela engomada. Aposto que, quando vocês transam, ela nem tira a roupa! – explodo e saio andando.

— Ela tira a roupa, sim! – ele grita e, então, baixa o tom de voz e remenda: – Pelo menos na maioria das vezes.

Isso deveria soar cômico, mas não. Finco os dentes nos lábios só de pensar naquela mimada na cama com ele. Estou tão irada, tão fora de mim, que giro nas tamancas e fuzilo:

— Ela não tem peitos! – exalto-me.

— Mas também não tem celulite.

O quê?????????????

Ele está dizendo que eu tenho? Que não sou perfeita para ele? Ah, o cara acaba de cutucar, com palito de fósforo, um monstro adormecido que cospe fogo.

— Está querendo dizer o quê com isso, doutor Bernardo? – Estou tão puta que a pergunta arranha a minha garganta.

— Melina, eu não quero brigar – ele amansa. – Para dizer a verdade, eu não saberia identificar essa tal de celulite.

E o monstro que cospe fogo volta para seu soninho da beleza.

— Você me conhece, Mel. Sabe que não me ligo no exterior das pessoas. E, se nesses dez anos você tiver ganhado umas celulites, é bem provável que eu ache extremamente charmoso.

Ah, Deus, como ele consegue ser tão fofo? Acaba de calar a minha boca, numa boa. Resolveu um conflito que poderia ter terminado muito mal, de forma inteligente.

— Desculpe. – Abaixo a cabeça, constrangida.

— Está tudo bem. – Ele se aproxima e ergue o meu queixo.

Nesse instante, o mundo deixa de existir. Sinto formigas passeando pelos braços, morcegos famintos batendo asas no meu estômago, uma sensação de impotência diante do fato de estar perdidamente, enlouquecidamente, absurdamente apaixonada por esse homem. Nada que seja novidade, mas a intensidade me assusta.

Bernardo se aproxima, devagar. Posso ler o que se passa em sua mente conforme aprofundo o meu olhar. Algo me diz que esse beijo não acontecerá e eu terei que ser forte, suportar a rejeição. Ele fecha os olhos por alguns segundos e então hesita.

— Eu não posso, Mel.

— Eu sei. – Colo meus lábios em seu rosto, demorando-me mais tempo do que o necessário.

Bernardo inspira meus cabelos e se afasta. Noto que está travando uma luta interna, daquelas que podem enlouquecer uma pessoa. Não quero ser a causadora disso, não pretendo de forma alguma fazê-lo infeliz. Minha cota de destruição nessa vida já fez um estrago dos grandes.

— A pousada é logo ali, posso ir sozinha.

— São quase vinte metros até a entrada e, sendo você, tudo pode acontecer até lá – ele satiriza meu lado desastroso. – Ficarei aqui, só para garantir.

— Boa noite, Ben.

— Boa noite, Mel.

Dou as costas a ele, sentindo-me queimar. Seguro-me para não girar o pescoço e olhar para trás. Meus passos são indecisos, meu corpo está louco para tomar as rédeas, mas resisto bravamente. Quando chego à porta da pousada, olho para ele e aceno. E então, com lágrimas nos olhos, sumo de suas vistas.

Demoro-me algum tempo na recepção, entretida em pensamentos confusos, sentimentos insanos sobre uma vida que parece ter sido um tremendo desperdício. É difícil e até embaraçoso chegar à conclusão de que nada valeu a pena.

Cansada das minhas próprias lamentações, arrasto-me para casa. Boa parte da pousada está às escuras, mas conheço o caminho como a palma da mão. Quando entro na varanda da casa do meu velho, levo um puta susto. Ele está se agarrando com uma mulher no banco de madeira pintado pela minha mãe. Quem essa vadia pensa que é?

— Pai? – ergo a voz.

— Mel! – Meu pai afasta a mulher e seus olhos estão esbugalhados.

Antes que eu pergunte qualquer coisa, meus lábios se entreabrem, perplexos. A respiração falha, o coração bombeia alucinado, e, se eu não estivesse vendo com meus próprios olhos, diria se tratar de um boato de muito mau gosto. Nesse instante, a causa do meu choque ganha voz:

— Mãe?

Ser bem-sucedido

me cobrir de beijos

rosto angelical

, carismático

olhos claros

Me achará linda de qualquer manei

Ser bem-sucedido

seremos um só, para sempre.

precisa ser lindo

Ele só pensará em mim

o

romântico ao extre

ântico ao extremo

rosto angelical

obrir de beijos

Juntos seremos um só, para sem

olhos claros

Me achará linda de qualquer maneira

sempre.

precisa ser lindo

Ele só pensará em mim

Inteligente, divertido, carismático

me cobrir de beijos

Inteligente, divertido, carismático

rosto angelical

olhos claros

Me achará linda de qualquer maneira

Juntos seremos um só, para sempre.

precisa ser lindo

Capítulo 30

Ser bem-sucedido

romântico ao extremo

Ele só pensará em mim

Ando de um lado para outro nessa varanda mal iluminada. Estou a ponto de fazer um buraco no piso frio. Processo todas as explicações tanto na mente quanto no estômago. Ai, cara, estou enjoada.

Segundo meu pai, que demorou algum tempo para me acalmar, essa pegação começou há mais de um ano. Eles se reencontraram em Foz do Iguaçu, onde meu velho participava de um congresso médico e minha mãe, de um congresso ufológico.

Mas o que está me tirando do eixo é essa falta de consideração. Por que não fui informada? Qual o intuito de me esconderem algo assim? O que pensavam, com essas cabeças degeneradas, estar fazendo? Protegendo-me? Eu não sou criança, pô!

— Melina, você precisa entender. – Meu velho leva as mãos aos meus ombros.

— Não, eu realmente não preciso. É por culpa dela que você ficou arrasado. Foi pelo egoísmo dela que minha cabeça entrou em parafuso.

— Não culpe a sua mãe pelas besteiras que fez na vida. – Meu pai parte em defesa e eu fico irada.

— Como não? – Elevo a voz. – Se ela não tivesse fugido, eu provavelmente seria alguém muito diferente e não teria tantas paranoias. Talvez fosse eu a me casar com o Ben e não aquelazinha.

Eu disse esta última frase em voz alta, em meio a uma enxurrada de lágrimas? Ai. Meu. Deus.

Meus pais se entreolham, confusos. Minha mãe se levanta do banco que ela mesma pintou quando eu tinha uns dez anos. Até me lembro de tê-la ajudado a envernizar.

Ela se aproxima, na verdade parece flutuar na minha direção. Toca meu rosto com as duas mãos e enxuga minhas lágrimas, que queimam ao contato com a pele.

Ah, como ela está linda. Seus cabelos cor de mel caem em cachos até os ombros. Seus olhos, também da cor do mel, irradiam uma paz profunda e possuem um brilho etéreo. Algo me diz que ela encontrou o caminho para a iluminação, até o seu toque tem um quê de divinal. Tanto é verdade que sinto um tremenda calma me invadir. Se foi o toque de suas mãos ou sua presença, eu não saberia dizer.

— Melina, me perdoe. Sei que já pedi isso inúmeras vezes, mas um dia você terá que deixar essa mágoa partir. E quanto ao Bernardo...

— Não quero falar sobre isso. Esqueça o que eu disse.

— Como posso esquecer? – Suas sobrancelhas se elevam. – Sei que está sofrendo, eu posso sentir. Filha, estou aqui para ajudá-la. Seu pai e eu só queremos o melhor para você. Quando houve aquele acidente na praia, nós decidimos lhe contar sobre essa reaproximação.

— Se você quisesse mesmo o melhor, não teria partido. – De repente me sinto pesar toneladas.

— Talvez um dia você entenda os meus motivos.

— Olhe, se meu pai está feliz, fico tranquila. Agora, se ousar machucar esse homem novamente, prometo a você que será a última vez. – Dito isso, entredentes, sigo para o meu quarto, batendo a porta com tanta força que as paredes reclamam, gemendo.

Passa das oito da manhã e nada da Nauane. Devo me preocupar? Ligar no celular? Chamar o Corpo de Bombeiros? Antes que eu pegue o telefone e disque para a polícia, ela entra no quarto, com aquela cara de quem comeu e se lambuzou.

— Caramba, você está flutuando como a minha mãe.

— Ai, que noite! – Ela se joga na minha cama e então me encara, inquisitiva: – Como assim flutuando como a sua mãe?

— Ela está aqui, no quarto ao lado, dividindo a cama com o meu velho.

— Você está me zoando! A sua mãe? Aquela sua mãe?

— É, quer que eu desenhe? – pergunto, preguiçosamente.

— Melina, desembucha!

E eu despejo toda a tralha sobre a cama. Nanie está pasma, concordando e discordando com a cabeça, ouvindo atentamente minhas lamentações e rindo da minha fúria incontida.

— Cara, eu não entendo você. É a sua mãe, isso não é demais?

— Está de sacanagem comigo? Escutou alguma palavra do que eu disse? – estresso. – Ah, quer saber? Me conte sobre a noite com o Guilherme, deve ser uma história muito mais divertida.

E não é que a noite Nauane versus Guilherme se mostrou uma grande surpresa? Ela conta, com os olhos em chamas, que dançaram e beberam até o boteco fechar. Depois disso, a bordo de um conversível, ele a levou para sua casa-barco. Sim! O cara mora num barco luxuoso, que fica ancorado na marina.

De lá, navegaram por um tempo e o Guilherme abaixou a âncora no meio do mar, sem nada em volta para atrapalhar. Segundo ela, além de ser experiente – o que eu já suspeitava –, também foi extremamente romântico e delicado. Está aí uma coisa que eu não imaginaria nem em mil anos.

Para fechar a noite, Guilherme ligou o som ambiente e os dois dormiram abraçadinhos, embalados apenas pelo balanço do barco e o pisca-pisca das estrelas.

Droga, tem uma ponta de inveja me cutucando neste exato segundo. Não! Não posso deixar esse bicho invejoso me picar. Nanie é minha melhor amiga e eu desejo, do fundo do coração, que ela encontre um cara bacana para chamar de seu. Mas tenho cá minhas dúvidas quanto ao Guilherme ser esse cara.

Antes do café da manhã, invado a cozinha da pousada. Espírito leva um tremendo susto quando lhe dou um beliscão no braço. Meu amigo me encara, com uma interrogação gigante no semblante.

— Seu traidor filho da mãe.

— O que eu fiz? – Ele arregala os olhos.

— Manteve o Bernardo a par da minha vida amorosa em São Paulo. – cuspo.

— Ah, é isso. – Ele abaixa a cabeça e sorri. – Melina, o Bernardo é como um irmão para mim. E ele sempre perguntava por você, especulava todos os detalhes.

— E o que eu sou para você? – Ergo a voz, descrente.

— Você é uma das melhores amigas que tenho. – Ele leva a mão ao peito. – Melina, eu amo você. E é provável que, se tivesse perguntado sobre o Ben, eu também teria lhe contado. Mas você nunca demonstrou qualquer interesse, como se realmente o tivesse apagado da sua vida.

— Eu tentei! – choramingo. – Eu queria muito saber sobre ele, mas não tinha coragem de perguntar. E, como você também não dizia nada, achei que deveria deixar do jeito que estava. – Bato em seu braço, com força. – Você deveria ter dado com a língua nos dentes e me contado sobre a biscate da Samantha.

— Mas eu contei, Mel! – ele se defende.

— Foi tarde demais.

me cobrir de beijos

Inteligente, divertido, carismático

rosto angelical

olhos claros

Me achará linda de qualquer maneira

Juntos seremos um só, para sempre.

precisa ser lindo

Ser bem-sucedido

romântico ao extremo

Ele só pensará em mim

Capítulo 31

Cruzei com a minha mãe quando saí da cozinha.

Ela me fitou com aquele olhar amoroso de sempre e eu não consegui dizer nada ofensivo. Mas isso não quer dizer que os palavrões não povoaram a minha mente. Até tentou puxar conversa, mas me esquivei dizendo que estava atrasada para um compromisso.

Aliás, a mais pura verdade.

Após o café da manhã e um bronca bem dada nos meus avós, já que eles sabiam dessa reaproximação dos meus velhos, segui Nauane para um passeio improvável ao lado de seu novo affair: Guilherme.

Estamos no Divino Poseidon. O barco é imenso, e, quando a Nanie disse que era luxuoso, minhas imagens mentais não chegaram aos pés do que vejo agora. O lugar se parece com uma casa de revista, com ambientes tão bem decorados que chegam a dar nó nos olhos e até um certo receio em quebrar alguma coisa.

Espírito não pôde me fazer companhia e eu quase desisti. Mas Nauane e Guilherme foram persistentes ao extremo. Sei que esses dois estão unidos em prol da operação "melando o casamento" e de alguma forma tentarão me dissuadir a ferrar com tudo.

Não estamos apenas os três na embarcação. Há um chef de cozinha e duas assistentes que perguntam, a cada cinco segundos: "Desejam mais alguma coisa? Estão bem servidas? Quer que ajeite o guarda-sol?".

Coisa mais chata.

Nauane está achando tudo o máximo, não consegue conter os suspiros apaixonados e eu começo a temer, silenciosamente. Eu não queria que ela voltasse para São Paulo, mas estou mudando rapidamente de opinião. O Guilherme é um cara sedutor, inteligente, rico, além de ser lindo de viver. Que mulher resiste a isso?

Como duas madames da *high society*, estamos deitadas em espreguiçadeiras, bebendo em copos altos, com frutas nas bordas e um guarda-sol colorido para arrematar. O drinque está perfeito, ultragelado.

— Vai me dizer o porquê do convite ou não? – atiro a pergunta.

— Você é perspicaz, já deve saber o motivo. – Nanie sorve o restante da bebida e deposita o copo numa mesa de apoio. – Só nos ouça. A decisão final é sua.

Os planos daqueles dois soaram infalíveis aos meus ouvidos. Não tenho dúvidas de que surtiriam os resultados almejados. O que eles não conseguem entender – ou não querem – é que melar esse casamento é muito fácil; o complicado será manter minha consciência em paz depois de um feito como esse.

E se o Bernardo realmente estiver apaixonado pela bruaca? Duvido que ele se casaria se não sentisse absolutamente nada por ela. Quando dou voz a esses pensamentos, Guilherme atira, à queima-roupa:

— O sentimento do Bernardo é um só: gratidão.

— Não pode ser somente isso. – Levo as mãos aos cabelos, alisando-os impaciente para trás. – Os dois são médicos, devem ter muito em comum.

— Qual é, Melina? – Guilherme ri na minha cara. – A única coisa que aqueles dois têm em comum é o lugar onde trabalham. A jabiraca tem medo de água, odeia areia, não suporta os amigos do Ben… cara, é o diabo encarnado!

— Você está conjecturando. Talvez deva perguntar a ele os motivos desse casamento – pondero.

— Eu já questionei, mas ele sempre se esquiva – Guilherme revela. – Melina, ele vive do passado, se nutre do que vocês tiveram juntos. E, desde que vocês se reencontraram, ele é outra pessoa. Posso dizer, com toda a certeza deste mundo, que o Bernardo renasceu.

Acabamos de almoçar e a afirmação do Guilherme não me sai da cabeça. Na proa, sinto o vento bagunçar meus cabelos soltos enquanto inspiro e expiro pausadamente. Giro sobre os chinelos, e a cena que vejo faz meu coração bater mais forte. Guilherme e Nauane são lindos juntos. E, para completar esse pensamento, minha voz interna sussurra, com todas as letras: "Eles foram feitos um para o outro".

Uma lucidez alarmante toma conta dos meus sentidos. Se eu não tivesse fugido para São Paulo, nunca teria conhecido Nauane. E, se eu não tivesse conhecido minha melhor amiga, ela e Guilherme não estariam juntos nesse instante.

Caramba, minha mãe ficaria orgulhosa desse meu entendimento transcendental dos fatos. Mas agora surgem as questões: estamos todos à mercê do destino? Não temos livre-arbítrio? Caminhamos nessa vida sempre regidos por um poder maior? Nossos destinos já estão traçados, sem direito a barganha ou atalhos?

Antes que eu me afogue em devaneios, volto o olhar para o horizonte. Um tanto confusa com a imagem que se apresenta, estreito o olhar. Tiro os óculos para ter certeza e, então, grito para que Guilherme chame a Guarda Costeira.

O iate está em chamas. Uma fumaça negra se desprende da embarcação, subindo em espiral. Duas lanchas estão bem próximas, ajudando como podem. Só então reconheço o logotipo do hospital em uma delas. Da forma como o destino anda me sacaneando ultimamente, já posso imaginar quem a esteja conduzindo: Bernardo.

Mas onde ele está?

Meus olhos vasculham, apressados. Noto que o fogo parte dos andares de baixo e está se alastrando rapidamente. Pessoas se jogam na água, vestindo coletes salva-vidas. Um pavor insano queima a boca do meu estômago. Não vejo Ben em lugar algum!

Guilherme aproxima-se da embarcação em chamas, jogando a âncora. Nanie aponta para duas mulheres que nadam freneticamente em nossa direção. Ajudamos no resgate, e, enquanto uma chora copiosamente, a outra conta o que houve com o iate.

— São cinquenta pessoas a bordo, talvez mais. Os turistas estão todos hospedados num Resort em Ubatuba. Ouvimos uma explosão e o fogo começou. Pelo que os tripulantes disseram, algumas pessoas estão presas no andar de baixo. Um médico e um enfermeiro que viram o que aconteceu estão ajudando a apagar o fogo.

O quê????????????

Agarro o braço da mulher dos cabelos cor de cobre. A princípio ela se assusta, mas logo entende meu nervosismo. Descrevo Bernardo, atropelando as palavras. E então meu sangue congela dentro das veias quando ela meneia a cabeça, positivamente.

Meu horror não passa despercebido. Nauane me segura pelos ombros, mas não é rápida o bastante. Quando estou a ponto de me jogar na água, sou atirada para trás, presa numa chave de pescoço.

— Segure essa doida aí. – Guilherme pede para Nanie enquanto eu me debato, ensandecida. – Eu vou até lá.

— Guilherme, não! – Minha amiga grita, mas já é tarde.

Ele salta do barco e tento segui-lo, mas Nauane me segura pelos ombros, desferindo um tapa na minha cara. Foi bem de leve, mas o suficiente para escutá-la.

— Pare com isso, Melina. O Bernardo ficará bem. Agora venha, me ajude a resgatar esse povo na água.

Como Nauane consegue ser tão centrada?

Ouço as sirenes dos barcos de salvamento ao longe. Olho para cima e vejo um helicóptero se aproximando, sobrevoando o local e jogando montes de água sobre o iate. Apesar de abalada, não me deixo paralisar e auxilio Nanie no resgate de mais duas pessoas: um senhor idoso e uma mulher de meia-idade.

A outra lancha resgata três crianças. É nesse momento que os barcos de salvamento tomam posição e um bando de homens inicia o procedimento padrão.

Pelo rádio, nosso chef de cozinha avisa que existem pessoas presas dentro da embarcação. A resposta é curta, mas me dá esperanças: "Faremos o impossível."

Somos obrigados a nos afastar do local do acidente. De acordo com as últimas notícias, há riscos de novas explosões. Não tenho habilitação para navegar um barco dessa proporção, e somente nesse momento descubro que nosso cozinheiro também é capitão.

Nenhuma notícia do Bernardo ou do Guilherme. Para distrair minha cabeça fervilhante, sirvo água com açúcar e pego toalhas secas para os nossos sobreviventes.

Noto que Nauane está agitada e não quer deixar transparecer. Abraço-a por trás, mirando o iate flamejante. Ela deita a cabeça em meu ombro e a sinto estremecer. Ouço seus murmúrios e acho que está rezando. Talvez eu devesse fazer o mesmo, mas não tenho a menor ideia de como rezar. Nesse caso, peço a Deus que tudo acabe bem, que Bernardo e Guilherme saiam inteiros daquele lugar.

Não sei como ainda estou de pé, mas o fato é que estou ligada, com a adrenalina correndo solta pelas veias. O medo dá uma estranha sensação de poder, como se pudéssemos erguer uma montanha. Talvez, por esse motivo, tantas pessoas se viciem em esportes radicais.

— Droga, onde eles estão? – Nanie choraminga, ainda com a cabeça em meu ombro.

Parte do incêndio foi controlada. Um ou outro foco teimam sob os jatos d'água. E se eu estiver enxergando direito, o barco está submergindo.

Cordas foram atreladas, para segurá-lo na superfície. Essa falta de informações está me deixando louca.

Como se tivéssemos combinado, eu e Nanie expelimos todo o ar dos nossos pulmões, em uníssono. Ben e Guilherme estão visíveis, um amparando o outro. Pessoas vão surgindo e fica claro que tudo acabará bem.

Obrigada, Deus. Estou devendo uma.

Guilherme acena e aponta para a lancha do hospital. Entendo o recado e corro para a cabine de comando, aguardando um contato de rádio. Nauane está na minha cola, doida para xingá-lo de todos os palavrões conhecidos.

— Sigam para a marina, nos encontramos no píer. Câmbio – Guilherme transmite.

— Seu desgraçado, você quer me matar é? – Nauane brada e eu arranco o comunicador das mãos dela.

— Gui, vocês estão bem? Machucados? Câmbio.

— Estamos bem, fiquem tranquilas. E diga para a Nanie que vou matá-la sim, mas será de uma forma que ela vai amar. Câmbio final.

Perco o controle e estou rindo de chorar. Nauane leva as mãos aos cabelos desgrenhados e também desata a rir. O chef-capitão nos expulsa de lá e assim seguimos de volta à marina.

A lancha do hospital se aproxima. Antes mesmo de as cordas serem atreladas, nos jogamos para dentro da embarcação, a fim de conferir de perto o estado daqueles dois.

O enfermeiro mencionado é o irmão do Espírito. Aparentemente ele está bem, com uma pequena queimadura no antebraço.

Nauane se joga sobre Guilherme, sufocando-o. Ele sorri e diz que nunca foi saudado assim por nenhuma mulher antes. Segundo ele, pode ficar mal-acostumado.

Bernardo desliga o motor e sua roupa branca está colada ao corpo. Ele gira sobre os tênis brancos e eu dou uma geral no seu estado. A camiseta está rasgada, há um corte em sua mão e parte do seu ombro está com a pele avermelhada, acho que se queimou.

Aproximo-me com o coração querendo escapar pela boca. Nossos olhares estão unidos por um fio invisível, que não nos permite enxergar nada ao redor. Estou ofegante e sei o que desejo fazer neste instante. Só não sei se devo.

— Essa experiência de quase morte poderá mudá-lo drasticamente – começo. – Pensou nisso quando pulou para dentro daquele barco em chamas?

— Não tenho nada a perder, Melina – ele diz, tristemente.

— Como pode afirmar uma coisa dessas? – pergunto, indignada.

— O que você queria que eu fizesse? Assistisse apenas?

Não respondo. Avanço em sua direção, elevando minhas mãos. Toco os dedos em seu rosto suado e sujo de fuligem. Ele não se move, mas fecha os olhos e suspira. Suas mãos estão sobre as minhas e eu me sinto pegar fogo. Juro que tento me controlar, mas é humanamente impossível.

Colo meus lábios nos dele e pensei que o beijo seria unilateral, mas não. Bernardo corresponde, com língua e tudo! Aê, palmas para mim, eu mereço!

Suas mãos descem até a minha cintura, puxando-me para mais perto. Já eu estou agarrada a seus cachos molhados e não me canso de explorar cada milímetro de sua boca farta, cálida, vulcânica.

Meu peito parece que vai explodir, e esse beijo abrasador demonstra o quanto ele me deseja, o quanto me completa. Com ele, sinto que tenho o controle da minha vida nas mãos, que a felicidade existe e ela está bem aqui, beijando-me de forma ardente.

Bernardo foi feito sob medida para mim.

Ele é o meu homem perfeito.

Ser bem-sucedido

rosto angelical

me cobrir de beijos

carismático

olhos claros

Me achará linda de qualquer maneira

Ser bem-sucedido

eremos um só, para sempre.

precisa ser lindo

Ele só pensará em mim

romântico ao extrem

ntico ao extremo

rosto angelical

brir de beijos

Juntos seremos um só, para sem

olhos claros

Me achará linda de qualquer maneira

sempre.

precisa ser lindo

Ele só pensará em mim

Inteligente, divertido, carismático

me cobrir de beijos
Inteligente, divertido, carismático
rosto angelical
olhos claros
Me achará linda de qualquer maneira
Juntos seremos um só, para sempre.
precisa ser lindo
Ser bem-sucedido
romântico ao extremo
Ele só pensará em mim

Capítulo 32

Bernardo se afasta, ofegante.

Seu olhar diz que perdeu o controle, que esse beijo não deveria ter acontecido. Eu entendo, perfeitamente. Ainda assim, uma facada não seria tão dolorosa e sangrenta.

Não me desculpo, não vejo motivos para tal. Ele também não se pronuncia e morde o lábio, com força, talvez para segurar as palavras que queiram sair por aquela boca macia e quente e selvagem e farta e perfeita.

O irmão do Espírito diz que precisam ir ao hospital, para verificarem os ferimentos e mais alguma coisa que não entendo. Todos os meus sentidos estão desligados, apenas a visão funciona. E eu só vejo Bernardo.

— Eu preciso ir – ele diz, com as mãos entrelaçadas às costas como se somente dessa forma pudesse evitar me tocar.

— Ben, nós precisamos conversar.

— Eu sei. – Seu olhar torna-se apático de repente. – Quando eu puder, procuro por você.

— Antes do casamento, por favor. – Meu tom é de súplica.

— Farei isso.

De volta à pousada, estou sentada de frente para o meu avô, em sua megabiblioteca. Narrei os últimos acontecimentos no mar e ele ouviu atento, com os óculos na ponta do nariz.

Quando ameacei levantar, ele segurou o meu braço, dizendo não se conformar com a forma como tenho tratado minha mãe e que eu deveria, ao menos, dar uma chance a ela.

Nesse ponto, começo a folhear um livro bem antigo, desses com capa de couro e cheiro de papel envelhecido. É uma história de amor e eu dou uma olhadela no final. Como um romance pode ter um final tão desastroso? Suspiro, contrariada.

— Melina, seja inteligente. Converse com a sua mãe, entenda-se com ela. Seu pai está feliz desde o reencontro, não notou?

— Eu tinha certeza de que havia um rabo de saia na jogada, mas nunca pensei que seria minha mãe.

— E isso não é bom? – Vovô ajeita os óculos na ponta do nariz adunco. – Melina, não seja tão turrona.

— O que a vovó pensa disso tudo? – questiono, fechando a porcaria do livro.

— No início ela foi contra, tinha medo de o seu pai sofrer novamente. Mas, então, se deu conta de que ele a ama, sempre amou, independente do passado ou mesmo do que o futuro reserva a eles. – Ele faz uma pausa e mira o fundo dos meus olhos. – Melina, seu relacionamento com Bernardo não é muito diferente disso.

Que tapa na cara!

Minhas bochechas queimam com o óbvio. Eu nunca havia pensado por esse ângulo. E não é que meu avô tem toda a razão?

— Você teve os seus motivos para abandoná-lo. Sua mãe também teve os dela. Pense nisso. – Ele suspira alto e volta para a sua leitura.

Nauane está Nas Costas Do Padre com Guilherme. Espírito saiu com aquele cara bonitinho da outra noite. Não faço ideia de onde Bernardo esteja. Meu pai e meu avô jogam truco na sala de jogos. Minha avó já foi dormir há algum tempo.

Estamos apenas minha mãe e eu na varanda da casa do meu velho. Ela se balança em uma rede enquanto eu finjo fazer as unhas. Já tirei o esmalte, mas estou trêmula com essa aproximação e não conseguirei passar o vermelho que escolhi.

— O que acha de recomeçarmos do zero? – fito-a, sem qualquer traço de raiva na voz.

— Acho uma ótima ideia. – Ela ajeita as madeixas em um rabo de cavalo. – Melina, eu amo você, filha. Mesmo longe, nunca deixei de pensar em você, enviar vibrações positivas. Você é o meu bem mais precioso e sabe disso.

— Por mais que explique, ainda não entendo os seus motivos.

— Melina, eu era muito jovem e estava perdida, querendo me encontrar neste mundo. Depois da morte dos meus pais naquele acidente de helicóptero, fiquei desnorteada. E quando aqueles turistas chegaram, trazendo a fórmula mágica da felicidade, senti um chamado, uma vontade louca de largar tudo e buscar um sentido para a vida. Eu queria entender a morte.

— Eu me lembro bem dos meus avós. – Nesse instante derrubo uma muralha, permitindo que minha mãe entre e que eu possa compreendê-la.

— Meus pais eram meu porto seguro e me entendiam como ninguém. Quando morreram, eu surtei. Seis meses depois, fiz as malas e parti. Não sei se você se recorda, mas não fui uma boa mãe, muito menos boa esposa, desde que me deixaram para trás. Seu pai sabia que a única forma de me salvar seria me deixar partir. Melina, eu realmente sinto muito.

— Você se encontrou? Está a salvo agora?

— Eu estou bem, filha. Por todo esse tempo que passei fora, nunca tive outro homem. Sempre fui do seu pai e sempre serei. – Ela sorri. – Ele sabe disso.

— Ele teve algumas namoradas – revelo, mas não para machucá-la.

— Eu sei – ela diz, cabisbaixa.

— O que acontecerá agora? – indago, pensativa.

— Continuarei morando no Rio de Janeiro e assim ficaremos por um tempo. Não pense que uma reaproximação é fácil. Existem mágoas profundas que necessitam de cura. Mas estamos progredindo, e só o amor é capaz de um feito como esse.

— Está falando de você ou de mim? – Sinto que ela argumenta com uma faca de dois gumes. E um dos lados está voltado para mim.

— O que acabei de dizer serve para você também. – Ela faz uma pausa. – Imagino que Bernardo esteja confuso com o seu retorno às vésperas do casamento com aquela chatinha.

Ah, mamãe acaba de ganhar pontos comigo.

— Mãe, não sei o que fazer.

— Não deixe a razão cegá-la. Em casos como esse, só o seu coração pode iluminar o caminho.

Nauane chega com um baita sorriso no rosto. Minha mãe se levanta da rede e as duas trocam olhares de cumplicidade. Tenho certeza de que elas andaram conversando sobre mim, está nítido.

Antes que minha mãe entre, joga uma ideia no ar.

— Por que não se muda para cá, Nanie? Você e a Mel bem que poderiam abrir uma agência de propaganda por essas bandas. Tenho certeza de que em pouco tempo conquistariam todas as contas da cidade.

Nauane e eu nos entreolhamos, hesitantes e, ao mesmo tempo, sorridentes. Não é má ideia, longe disso. Eu realmente adoraria tê-la por perto e sempre nos demos muito bem, inclusive no trabalho. Eu sou ótima em direção de arte e criação. E os textos da Nanie são perfeitos. Aliás, eu sempre disse que ela deveria escrever um livro, uma comédia romântica, talvez. E que lugar melhor do que Paraty para grandes inspirações? Aliás, ela não precisaria ir muito longe, já que minha vida parece uma eterna comédia pastelão.

— Pensarei nesse assunto, prometo – Nanie responde, efusiva.

— E sei que está se envolvendo com o Guilherme também. – Minha mãe dá uma piscadela e some das nossas vistas.

Nanie senta-se na rede, me encarando. Só está esperando que eu faça as perguntas que não querem calar. Não conversamos sobre esse relacionamento dela com o Guilherme, mas preciso muito descobrir em que pé está o envolvimento.

— Tenho milhões de perguntas para fazer, mas não quero ser invasiva, portanto, me diga o que está havendo entre você e o Gui. Conte somente o que achar necessário.

— Sei da sua opinião sobre ele e realmente entrei nessa parada armada e protegida, como você mesma aconselhou. Só que essa proteção caiu por terra quando ele me disse que nunca havia levado ninguém ao barco e sentiu uma vontade absurda de permitir que eu entrasse em sua intimidade.

— O cara é um Don Juan. Acreditou nele?

— Parecia sincero. – Ela me encara com olhos brilhantes, de quem está apaixonada. – Mel, estou me deparando com sentimentos dos quais só tinha ouvido falar. Na verdade, estou começando a entender o que você sente pelo Bernardo.

— Nanie, não quero que se machuque.

— Nem eu quero isso! – ela rebate. – Há algo nele, não sei como explicar. É como se nos conhecêssemos há séculos, consegue compreender?

— Como não? – Abraço os joelhos contra o peito. – Nanie, eu só quero que você seja feliz, que encontre o cara da sua vida. Se é o Guilherme ou não, pouco importa. O que não quero, de jeito algum, é que você permita que ele arrase o seu coração.

— Eu estou bem e não deveria se preocupar comigo. – Ela faz uma pausa breve. – O Bernardo voltou a procurá-la?

— Nem sinal dele. – Suspiro alto e uma tristeza latente me abala. – Nanie, eu realmente acho que o perdi.

— Segundo o Guilherme, você está com a faca e o queijo na mão. Só depende de você, Mel.

— Sei lá, não quero pensar nisso agora. Aliás, por que voltou tão cedo da balada?

— Eu não deveria contar, mas vou. O Guilherme foi ter uma conversa com o bonitão do Bernardo – ela revela e eu me sobressalto.

— O quê? Por quê?

— Ah, larga de ser besta. Você sabe o porquê. O Guilherme não se conforma com esse casamento e quer confrontar o Bernardo uma última vez. Já que você anda uma mosca morta e não quer melar esse casório, alguém precisa agir. E, por eles serem amigos, o Gui é a melhor escolha.

Revirei-me a noite toda.

Na manhã seguinte, Nauane já está pronta quando saio do banho. Visto uma combinação de saia branca com blusinha cor de rosa. Estou louca para saber o resultado da conversa entre Guilherme e Bernardo, mas não deixo transparecer. Apesar disso, minha amiga saca minha inquietação.

— Vamos pular o café – ela inicia. – O Guilherme está no boteco, fazendo o balanço do mês. Falei com ele e disse que estamos a caminho.

— Ele adiantou alguma coisa? Revelações bombásticas? – questiono, aflita.

— Nadinha.

Por mais que Nauane o tenha pressionado, Guilherme alegou que esse não era um assunto para ser tratado por telefone. Sendo assim, passamos voando pelo gazebo, tapando o nariz para aqueles aromas deliciosos que se misturavam no ar. A fome terá que esperar.

Saímos para o Centro Histórico, caminhando apressadas, sem desviar nossos olhares para as inúmeras vitrines cheinhas de chamarizes. Nem para a loja de sapatos eu dou atenção. Meu rumo está traçado, e eu não sossegarei até arrancar do Guilherme qualquer informação que salve o meu destino cruel e solitário.

Mas, nesse instante, Nanie parece ter sido alvejada por tiros. Seu olhar embasbacado está fixo numa vitrine ao meu lado. Quando faço menção de girar o pescoço, ela puxa o meu braço, tentando inutilmente me arrastar pelo calçamento.

Ah, de jeito nenhum!

Nesse momento, descubro a razão do seu choque.

Através de uma vitrine quadrada, vejo ao fundo uma linda mulher vestida de noiva. Está em cima de um pedestal de madeira, e uma costureira marca a barra de sua saia branca, divinamente adornada com pedrarias prateadas.

Engulo o choro e tenho que encarar a verdade: Samantha está maravilhosa e o vestido é um luxo.

Nauane me puxa com força e dessa vez me deixo levar. Já não sustento mais as lágrimas dentro dos olhos e elas vertem, queimando minha face derrotada. É claro que Bernardo a escolheria, afinal ela é a miss perfeição, uma mulher bem resolvida e dotada de atributos físicos surpreendentes. Sem falar na inteligência e no fato de ser uma pessoa centrada.

E eu, o que sou? Uma tresloucada sem noção, uma mulher que ainda não amadureceu, que não conquistou absolutamente nada na vida. E eu tenho celulite.

Quando viramos uma esquina, longe daquela vitrine, Nauane me abraça e eu me permito chorar em seu ombro. Ela sussurra, pedindo que esqueça o que vi. Mas como? Essa imagem foi forte demais e não me abandonará tão cedo.

De repente, não tenho mais vontade de saber sobre a conversa que Guilherme e Bernardo tiveram. Não tenho forças para continuar caminhando ou vivendo. Certo, a última afirmação soou dramática ao extremo, mas é exatamente assim que me sinto. Estou sangrando, sinto a alegria se esvaindo, minha força de vontade se perdendo, meu amor me sufocando. Eu queria poder gritar até perder a voz e asfixiar com o ar. Eu queria... eu queria... ah, Deus, como eu o queria!

Ser bem-sucedido

rosto angelical

me cobrir de beijos

carismático

olhos claros

Me achará linda de qualquer maneira

Ser bem-sucedido

eremos um só, para sempre.

precisa ser lindo

Ele só pensará em mim

ntico ao extremo

romântico ao extre

brir de beijos

rosto angelical

Juntos seremos um só, para sem

olhos claros

Me achará linda de qualquer maneira

empre.

precisa ser lindo

Ele só pensará em mim

Inteligente, divertido, carismático

me cobrir de beijos

Inteligente, divertido, carismático

olhos claros

rosto angelical

Me achará linda de qualquer maneira

Juntos seremos um só, para sempre.

precisa ser lindo

Capítulo 33

Ser bem-sucedido

romântico ao extremo

Ele só pensará em mim

— Se o Bernardo se casar com aquela idiota, você não estará mais aqui para ver isso acontecer – Nanie dispara.

— Quer que eu fuja?

— Você voltará para São Paulo comigo. Abriremos uma agência por lá. Eu tenho uma grana guardada.

— Eu não tenho nada, Nanie. Minha poupança foi congelada, lembra?

— O Roger vai voltar atrás e retirar qualquer queixa com relação a você. Ele me disse ontem, quando liguei avisando que iria esticar as férias.

— O quê? Por que não me disse? – Arregalo os olhos, chocada.

— Ah, esqueci. Tantas coisas acontecendo... definitivamente ser sua amiga não é um marasmo.

Estamos num bar, à beira-mar, tomando cerveja e divagando sobre meu futuro incerto. Nanie pretendia me arrastar para o boteco do Guilherme, mas não quero mais ouvir o que ele tem a contar. Se algo necessita ser dito, se alguém precisa tomar uma atitude, essa pessoa se chama Bernardo.

— O que o Roger disse? Me conte tudo – peço, afundando o nariz no copo com aroma de cereais.

— Disse que entende os seus motivos, que não foi sincero com você. E ele me pareceu maduro ao telefone. Até permitiu que eu esticasse as férias e perguntou como você estava, se já o havia perdoado.

— E o que você respondeu?

Nesse ponto, ela solta uma gargalhada.

— Respondi que você nem se lembrava mais do nome dele.

Agora estou rindo também.

— É verdade. – Fito-a por algum tempo. – Realmente abriria uma agência comigo? Me levaria embora daqui? Mas e o Guilherme?

— Com relação ao Guilherme, nenhum estrago foi feito. Ainda tenho chances de virar as costas e partir, sem grandes sofrimentos. Estamos nos conhecendo, tenho certeza de que posso seguir adiante.

— Tem mesmo certeza disso? – incito.

— Não. Mas, ah, o que importa? – Ela toma minhas mãos entre as suas. – Melina, não vou abandoná-la, não a deixarei sofrer essa desilusão. Sou sua amiga até a morte, e, para seu total desespero, ainda seremos amigas lá no céu, ou no inferno.

— Sabe que o inferno é o mais provável, não sabe? – alfineto.

— Se sei. – Ela revira os olhos e dá de ombros.

A imagem de Samantha vestida de noiva volta a me assombrar. Penso em seu futuro com Bernardo, nos filhos que terão, nas viagens que farão juntos, nas noites chuvosas em que estarão abraçados, comendo pipoca e assistindo a filmes de terror na televisão.

Sempre assistíamos a filmes de terror, grudados. A pipoca acabava antes do intervalo e nenhum dos dois tinha coragem de ir à cozinha providenciar mais um balde. Eu adorava essas noites, e minhas memórias fazem a cabeça latejar.

Antes que eu me perca em devaneios sobre o passado, Guilherme se aproxima, puxando uma cadeira e se sentando ao lado de Nauane, passando os braços por seus ombros.

Ela havia avisado onde estávamos e ele não perdeu tempo. Não quero ouvir nada, faço até menção de tapar os ouvidos, mas o bicho da curiosidade é uma merda e está me pinicando neste exato segundo.

— Me ouça, Melina – Guilherme suspira, paciente.

— Eu vou querer morrer, não vou? – questiono, com os olhos já marejados.

— Talvez não – ele rebate e aguarda.

— Ouça, Mel – Nanie aconselha. – Ficar conjeturando não é uma boa ideia.

— Está bem, desembuche, Guilherme.

Ele joga o cabelo de lado e me prende em seu olhar galante. Umedece os lábios e respira fundo. Ansiedade e tensão se misturam e eu me preparo para o que quer que seja.

— Conversamos por horas. Na verdade, até discutimos – ele começa. – E o que ele revelou me deixou realmente puto. De acordo com meu perdido amigo, estar com a Samantha significa uma vida tranquila, sem grandes oscilações. Agora, escolher você seria o mesmo que optar por uma vida em uma montanha-russa. Bernardo teme o fantasma de um abandono, de um novo sofrimento sem precedentes.

Cerro as pálpebras, abatida. Samantha é a segurança e eu represento uma ameaça à sua felicidade. Bernardo não confia em mim, muito menos no meu amor. E isso dói horrores.

— Eu já esperava por algo assim. Bernardo nunca será capaz de me perdoar – reflito.

— Não é bem assim, Melina. Ainda tenho esperanças – Guilherme revela.

— Por que diz isso? – Nanie pergunta e a expectativa paira no ar.

Guilherme pensa bem no que dizer a seguir. Fita meus olhos marejados e inclina o corpo para a frente, tocando minhas mãos trêmulas. Ele as aperta bem de leve e, então, solta a bomba:

— Porque ele me confidenciou que ama você, Melina. E é um amor que o enlouquece e ao mesmo tempo o amedronta. Nada que seja novidade para mim, mas a forma como ele disse isso, cara, foi de abalar os céus.

Nauane sorri enquanto eu choro, ainda com as mãos de Guilherme sobre as minhas. Tombo a cabeça na mesa de plástico do bar e deságuo ali mesmo a tragédia na qual estou inserida. A culpa é minha. Eu cavei essa situação toda e enterrei a única chance de ser feliz.

— Melina, daremos uma festa para o Bernardo, uma espécie de despedida de solteiro. Está tudo armado para um luau lá em Trindade; já contratei a banda e convidei uma galera. A Samantha não vai. Aliás, proibi que dessem com a língua nos dentes. O Espírito ficou com a incumbência de levar o Ben sem que ele suspeite de nada.

— Não é uma festa só para homens? – pergunto, entre soluços.

— Ah, qual é? Que coisa ultrapassada. – Ele sacode a cabeça para os lados. – Eu gostaria muito que você fosse; pode ser sua última chance de salvá-lo.

— Não sei se devo. Eu realmente queria que ele tomasse uma atitude por vontade própria, sem eu ter que me expor, sem precisar de artifícios sedutores – explico.

— Não estou pedindo que faça nada, apenas que esteja lá. É só para cutucar a onça, entende? O que você tem a perder?

— Prometo pensar sobre isso, Gui, de verdade.

me cobrir de beijos
Inteligente, divertido, carismático
olhos claros
rosto angelical
Juntos seremos um só, para sempre.
Me achará linda de qualquer maneira
precisa ser lindo

Capítulo 34

Ser bem-sucedido
romântico ao extremo
Ele só pensará em mim

Estou pronta para a despedida de solteiro do Bernardo.

É claro que quero impressioná-lo, talvez seja minha última chance. Fiz todo o ritual conforme manda o figurino: banho demorado, hidratante para mãos, pés, corpo, olhos, seios, barriga, joelhos... aff, eu nem sabia que existiam hidratantes para todas as partes do corpo. São todos da Nauane, a maníaca por produtos de beleza.

Passo um rímel, faço um olhar de gato bem marcado, uso gloss apenas para dar um brilho nos lábios. Nauane seca meus cabelos curtos, deixando-os bagunçados e volumosos. Segundo ela, estou prontinha para matar.

No espelho de corpo inteiro, checo o visual e adoro o que vejo. O vestido preto é curto, esvoaçante e levemente transparente. As rasteiras pretas de verniz serão destruídas pela areia da praia, mas nem estou ligando para o fato. Os brincos de argola prateada cintilam e balançam de cá para lá conforme caminho. O bracelete de couro trançado com pontos de strass está um luxo no punho esquerdo.

Será que estou me esquecendo de algo?

Nanie sacode a caixinha preta na altura dos meus olhos. Ela quer porque quer que eu use a aliança de compromisso que Bernardo me deu há dez anos. Aí é apelação demais, não?

Enquanto discutimos os pormenores, a porta do quarto se abre e minha mãe solta um suspiro surpreso. Seus olhos correm de baixo para cima e de cima para baixo sobre a minha figura.

— Uau, Mel. O Bernardo não resistirá a isso – ela diz, com um sorriso satisfeito nos lábios.

— Não é mesmo? – Nauane concorda, ainda me estendendo a caixinha.

— Eu ainda não estou certa disso – afirmo, cabisbaixa. – E pare de esfregar essa caixa nas minhas fuças, não vou usar a aliança e ponto-final – atiro, num rosnado.

— Por que não? – mamãe resolve interferir. – Ah, esse seria um golpe de mestre. – Ela pega a caixinha das mãos de Nanie, checando o conteúdo. – Este pequeno objeto mexerá com sentimentos adormecidos, trará à tona os motivos pelos quais o Ben comprou esta aliança para você, Melina.

— Mãe, como psicóloga, você deve saber que o efeito pode ser contrário. Ele se lembrará que o deixei exatamente por causa desse elo, do medo de me comprometer – revido.

— Não mesmo – minha mãe retruca com sua famosa expressão "eu sei de tudo". – Se você estiver usando a aliança, garanto que o Bernardo ficará tão chocado que o abandono passará batido.

— Mandou bem, tia Lili – Nanie concorda com minha mãe mais uma vez, para meu total desespero.

— Me dê essa droga aqui. – Enfio a aliança no dedo anelar da mão direita. – Satisfeitas?

— Ah, agora sim você está perfeita. – Nanie levanta o polegar para cima, aprovando.

— Melina, faça o que precisa para não se arrepender mais tarde. – Conselho de *mamys* com o aval de Nauane. Céus! Essas duas estão num complô contra mim.

Com um abraço para lá de sufocante, minha mãe deixa claro que está ao meu lado nessa empreitada. Segundo ela e um estudo cármico que fez sobre mim, meu único destino é o caminho para a felicidade plena. Como não acredito muito nessas coisas esotéricas, continuo na mesma, sem saber o que esperar.

No estacionamento da pousada, cruzo com meus avós, que voltam de uma caminhada noturna. Estão de mãos dadas e a cena é linda, merecia uma trilha sonora melosa de fundo. Como não tem, minha mente fértil providencia uma rapidinho, daquelas bem bregas.

Os dois me encaram com um sorriso idêntico bem preso aos lábios. É um incentivo, um empurrão para que eu não desista. Nauane e Espírito deram com a língua nos dentes e até o porteiro já sabe o que aprontarei nas próximas horas.

— Independente do que aconteça nesse luau, saia de lá com a cabeça erguida, Melina. – Meu avô toca os meus ombros. – E lembre-se: o que é seu, ninguém pode tirar.

— Diga isso mais alto, talvez os anjos sejam surdos – satirizo minha cruel situação.

— Sempre tive certeza de que você e o Bernardo foram feitos um para o outro, assim como seu avô e eu. – Vovó ajeita a alça do meu vestido. – Só a morte pode separar almas gêmeas, Melina.

— Samantha é a morte. – Reviro os olhos.

— A Samantha é uma chata de galocha, isso sim. – Vovó fecha a cara e sacode a cabeleira repleta de laquê, provavelmente tentando afastar a imagem daquela mimada da cabeça.

— Não estão atrasadas? – Vovô checa seu relógio de pulso.

— Vou ligando o carro. – Nanie se despede dos meus avós e caminha na frente.

Suspiro alto e aqueles morcegos vampiros se revolvem ansiosos no meu estômago. Sinto como se estivesse a caminho da execução, colaborando com meu carrasco, hiperfeliz e saltitante por estar prestes a ser enforcada em praça pública. Leia-se: sinto-me uma idiota.

Talvez eu tenha uma chance, mesmo que ínfima. Preciso me agarrar a isso, com as unhas cor de biscate que pintei após o banho. Quero acreditar que nem tudo está perdido, que posso reverter a grande merda que aprontei há dez anos.

— Confie no destino, Melina. – Vovô toca meu rosto e eu ganho um beijo na testa.

— Obrigada, vô. Valeu mesmo, vó – agradeço, com a voz embargada. – Não tentarei fazê-lo desistir do casamento, mas espero que ele me escute e perdoe os meus erros do passado.

A caminho de Trindade, recebo uma ligação inesperada do meu velho. Minha mãe contou a ele tudinho, inclusive o detalhe sobre a aliança que sustento na mão direita. Achei que seria repreendida, mas estava redondamente enganada.

Meu pai deu a maior força, dizendo que Bernardo não será feliz ao lado daquela "patricinha metida a besta". Hum, meu velho não costuma apelidar as pessoas ou mesmo julgá-las. Nunca imaginei que era assim que ele via a mimada da Samantha. Sorri perigosamente. Tenho o apoio de todos com os quais me importo, o que poderia dar errado, afinal?

Pensando melhor, tudo pode dar errado.

Nauane para o carro e dou uma sacada na praia. O lugar está cercado por uma atmosfera festiva, convidativa. Há muitos carros e pessoas circulando sobre a areia, sentadas em torno de mesas adornadas com flores e candelabros.

Tochas iluminam o corredor que nos levará à festa. Há um bar sobre um tablado, e um barman executa uma performance inacreditável com três garrafas coloridas de bebida.

Sobre um palco, a música rola solta, com direito a banda, *backing vocals* e dançarinas ao estilo Ula Ula. Por um momento, seguro a respiração, rememorando meu primeiro luau, aquele beijo que não saiu como previsto.

Minha relação com Bernardo começou nessas areias e talvez termine aqui. Quero chorar, mas contenho as lágrimas. Não estou a fim de borrar meu olhar de gatinho, tão complexo e certeiro.

Nauane toma uma das minhas mãos. Eu a encaro, incerta. Ela me devolve um sorriso compreensivo e ao mesmo tempo motivador. Não quero que a minha história com o Ben termine aqui. Não posso conceber a possibilidade de viver sem ele. Demorei para entender isso, mas, agora que a ficha caiu e levei uma direita certeira do meu ego, sei que a felicidade está logo ali, ao lado do meu homem perfeito.

Aliás, tenho que me segurar para não dizer um palavrão. Bernardo só pode ter feito de propósito. Está vestindo uma bermuda branca, camiseta branca justérrima ao tórax malhado e os cabelos dourados estão levemente bagunçados devido à brisa morna que vem do mar.

Cara, ele está incrivelmente, absurdamente, despudoradamente lindo!

Suspirando, forço-me a seguir Nauane pelo corredor de tochas flamejantes. Quando os morcegos começam a bater asas no meu estômago, vacilo. Minha amiga lança aquele olhar "se não andar logo lhe darei um soco" e, diante de tamanha insistência e ameaça, volto a caminhar.

A festa começou há duas horas e nosso atraso foi previsto e maquinado por Guilherme. Segundo ele, uma entrada triunfal e inesperada causaria o efeito desejado.

Será?

Bernardo ainda não nos viu. Guilherme se aproxima apressadamente, com dois copos de chope nas mãos. Quando me vejo com a bebida, viro numa golada só. Preciso tanto de coragem!

— E agora? – lanço a pergunta para o vento.

— E agora nada. Você fingirá que ele não está aqui – Gui aconselha e sorri, satisfeito com seu plano diabólico. – Divirta-se, beba, converse com a galera, seja você mesma. Mas em nenhuma hipótese aproxime-se do Ben.

— Como assim? – Reviro os olhos, estressada.

— Lance olhares furtivos para ele, nada mais – Nauane arremata. – Duvido que ele não a pegue pelo braço e a leve para uma conversa a sós. Duvido!

— Vocês dois deveriam ganhar dinheiro com isso – bufo, contrariada. – E se ele não se aproximar? Vocês mesmos disseram que essa é minha última chance.

— Confie em mim. – Guilherme pega o copo vazio da minha mão. – Sei bem como funciona o cérebro de um homem. Ele ficará intrigado com a sua presença, e mais: ficará possesso por não ter ido até lá cumprimentá-lo. Sacou, Melina?

— Saquei.

— Mais chope? – Guilherme oferece e eu realmente estou necessitada.

— Certo, me dê o barril todo.

me cobrir de beijos

Inteligente, divertido, carismático

rosto angelical

olhos claros

Me achará linda de qualquer maneira

Juntos seremos um só, para sempre.

precisa ser lindo

Capítulo 35

Ser bem-sucedido

romântico ao extremo

Ele só pensará em mim

Olhares furtivos. Sorrisos encenados. Descontração teatral. É assim que estou me portando desde que cheguei ao luau. Bernardo já se deu conta da minha presença e sua reação deixou meu ego satisfeito. Ele ainda não se aproximou, mas tudo leva a crer que o fará.

Ben parece estar ensaiando uma maneira de se dirigir a mim; leio isso nas entrelinhas dos seus movimentos corporais. Está tenso, e, quando nossos olhares se cruzam, soltam faíscas etéreas que chegam a incendiar a pele.

Preso numa roda de amigos, sinto seu desconforto ao longe. A cada cinco segundos leva a mão grande aos cachos dourados, alisando os fios para trás. Morde o lábio, olhando para as estrelas. Noto que sua respiração é curta e rápida. Sei que sou a causa de sua inquietação, e, a cada minuto que passa, tenho certeza de estar agindo corretamente.

Não posso perder esse homem sem lutar.

Tenho consciência de que não o mereço. Bernardo é tudo que sempre sonhei em um relacionamento e ainda assim eu o perdi. Sou a causa da minha infelicidade, a única responsável pela situação crítica na qual me encontro.

Darei a ele um tempo, meia hora é o suficiente. Se Ben não se prontificar a ter uma conversa definitiva, irei até lá. Peço que Nanie me avise do horário, enquanto finalizo mais um copo de chope.

— O bonitão está lutando bravamente – Nanie observa.

— É o que parece – concordo.

— Definitivamente, sua presença causa efeitos alarmantes. É notório e chega a me dar pena.

— Pena? – indago.

— Coloque-se no lugar dele. Tente imaginar a batalha interna que ele está vivendo neste exato instante. É a despedida de solteiro do cara e ele provavelmente está pensando em trair sua futura esposa com a namorada do passado, a mulher que realmente ama. – Sinto-me horrível de repente. Não digo nada e Nanie continua: – Melina, não deve estar sendo fácil para o Bernardo. Você o traiu e saiu da vida dele sem aviso. Ficaram dez anos afastados e agora você ressurge das cinzas do passado, trazendo à tona um amor avassalador. É natural que ele esteja pirado, sem saber o que fazer.

— Você disse que eu deveria vir, me incentivou. – Estou confusa. – Nanie, talvez eu esteja agindo mal, forçando uma situação que não deveria em hipótese alguma acontecer. – Cabisbaixa, levanto apenas os olhos para fitar Bernardo. – Eu só quero que ele seja feliz.

— Mesmo longe de você? – ela questiona e eu não preciso pensar para responder.

— Mesmo que seja com outra mulher – revelo, numa tristeza que me esmaga.

— Uau, você acaba de passar no meu último teste.

— Como é? – Uno as sobrancelhas, intrigada. – Está me testando, Nanie?

Ela eleva uma das mãos, tocando meu rosto. Fixa meu olhar, tombando a cabeça de lado e sorrindo. Passei no tal teste e agora estou doida para saber o significado disso.

— Seu amor por esse homem é real, Mel. E a prova disso é que você quer que ele seja feliz, mesmo que com outra pessoa.

— Duvidava do meu amor por ele? – questiono, indignada com a falta de confiança em minhas palavras, nos meus sentimentos.

— Não é isso. – Ela toma minhas mãos. – Nunca duvidei do seu amor ou da intensidade dos seus sentimentos. Só queria saber até onde estaria disposta a ir, o que faria por esse homem. E, cara, você acaba de me surpreender. Melina, posso jurar que essa foi a coisa mais madura e sábia que você já disse.

— Sem ele nunca estarei completa – confesso, entre lágrimas. – Precisei ferrar com a minha vida para entender isso.

— Vou mais além: você precisou crescer, amadurecer, viver para entender isso. Ninguém passa por essa vida sem cometer deslizes, Mel. Tudo bem que seu caso é extremo, mas algo me diz que essa lição você aprendeu e passou para o outro estágio com louvor.

— Eu preciso ter uma última conversa com ele. Não posso continuar com a minha vida sem ter certeza de que o Bernardo me perdoou. – Miro Nauane e enxugo as lágrimas. – Deseje-me sorte.

— Boa sorte, Mel.

Numa sincronia impressionante, Bernardo também toma sua decisão. Essa conexão é tão absurda que, por alguns instantes, congelo no lugar. Nossos olhares se encontram e nem mesmo as pessoas que passam entre nós são capazes de quebrar o elo.

Deixo que ele venha ao meu encontro. Dou uma olhada para trás e vejo Guilherme e Espírito se juntando a Nanie, incitando-me a continuar, a não desistir da única batalha na qual vale a pena lutar.

Bernardo está próximo demais. Tenho vontade de me jogar sobre ele, abraçá-lo até sufocar, despindo-me de qualquer proteção, libertando-me das amarras que me prendem à sanidade.

Perco as forças quando ele toma uma das minhas mãos. As pálpebras estremecem e se fecham, deixando-me a sós com as sensações e os sentimentos fervilhantes. Deus, como sou capaz de amar tanto?

— Vamos dar uma volta. – Ele se aproxima do meu rosto em chamas e sussurra.

Não respondo, mas concordo com a cabeça. Nossos dedos se entrelaçam e caminhamos lado a lado, sem qualquer palavra que possa atrapalhar esse momento perfeito.

Penso se ele não se preocupa com o possível falatório, se não liga para o fato de Samantha vir a descobrir sobre nossa escapada. Pelo visto, ele não está incomodado e eu relaxo.

Na beira do mar, com os pés descalços, vamos nos afastando da festa. A música vai diminuindo, assim como a iluminação. Por incrível que pareça, não estou aflita e muito menos ensaiando mentalmente o que dizer a seguir. Não quero planejar; tudo o que acontecer a partir de agora será natural e deverá soar como verdadeiro.

A brisa solta seu uivo noturno. Já estamos longe o bastante, nos aproximando das rochas na ponta da praia. A lua cheia está alta, cercada por estrelas brilhantes e um halo prateado. Sinto uma paz profunda se aconchegando, fortalecendo-me.

— Não estou aqui para melar o seu casamento ou ferrar com a vida que escolheu. – Meu tom é amoroso, mas firme. – Se você pedir, posso ir embora amanhã mesmo de Paraty, não quero ser o motivo da sua infelicidade. – Ele me encara com uma expressão impenetrável. – Por favor, me perdoe pelo que fiz a você. Não medi as consequências, agi de forma imatura, feri quem não merecia. Eu me arrependo todos os dias, Ben. Tentei apagá-lo da minha vida, mas cheguei à conclusão de que é impossível, porque você faz parte de mim e sempre fará, independente do que aconteça daqui para a frente. Não sou tão egoísta como você pressupõe, e, sério, eu só quero que seja feliz. Preciso que acredite em mim e me perdoe. Quero ouvir você dizer, só assim terei paz de espírito.

A expressão de Bernardo não se altera. Quando expiro o ar e abaixo o olhar numa tristeza profunda, ele toma meu rosto entre as mãos, acariciando minhas bochechas com a ponta dos polegares.

— Quer que eu seja feliz? – ele questiona, retesando os lábios a seguir. Noto que os olhos verdes estão marejados, não suporto assistir à cena.

— Se você estiver feliz, vou ficar bem.

Seus olhos se aprofundam quando se aproxima. Suas mãos agora se enroscam nos meus cabelos e eu sinto que vou desmaiar. Caramba, só agora me dou conta de que eu morreria por ele, faria qualquer coisa por sua felicidade.

Vejo meu reflexo em tons esverdeados quando seus dedos correm até meus lábios, desenhando seu contorno. Suspiro, em súplica. Não preciso pedir, ele sabe o que deve fazer para matar a minha sede, aplacar a minha fome.

Fraquejo quando Ben desliza aquelas mãos enormes pelas laterais do meu corpo, enlaçando minha cintura. Nem penso em recuar quando sua respiração se confunde com a minha. Meus olhos se fecham e eu tomo fôlego enquanto seus lábios provocam os meus, roçando bem de leve, me levando à loucura. Ben está me desafiando e eu estou adorando esse jogo.

Aonde isso tudo vai dar, realmente não sei. A única coisa que eu quero neste momento é jogar Bernardo sobre a areia e me entregar a ele, como se fosse a última vez.

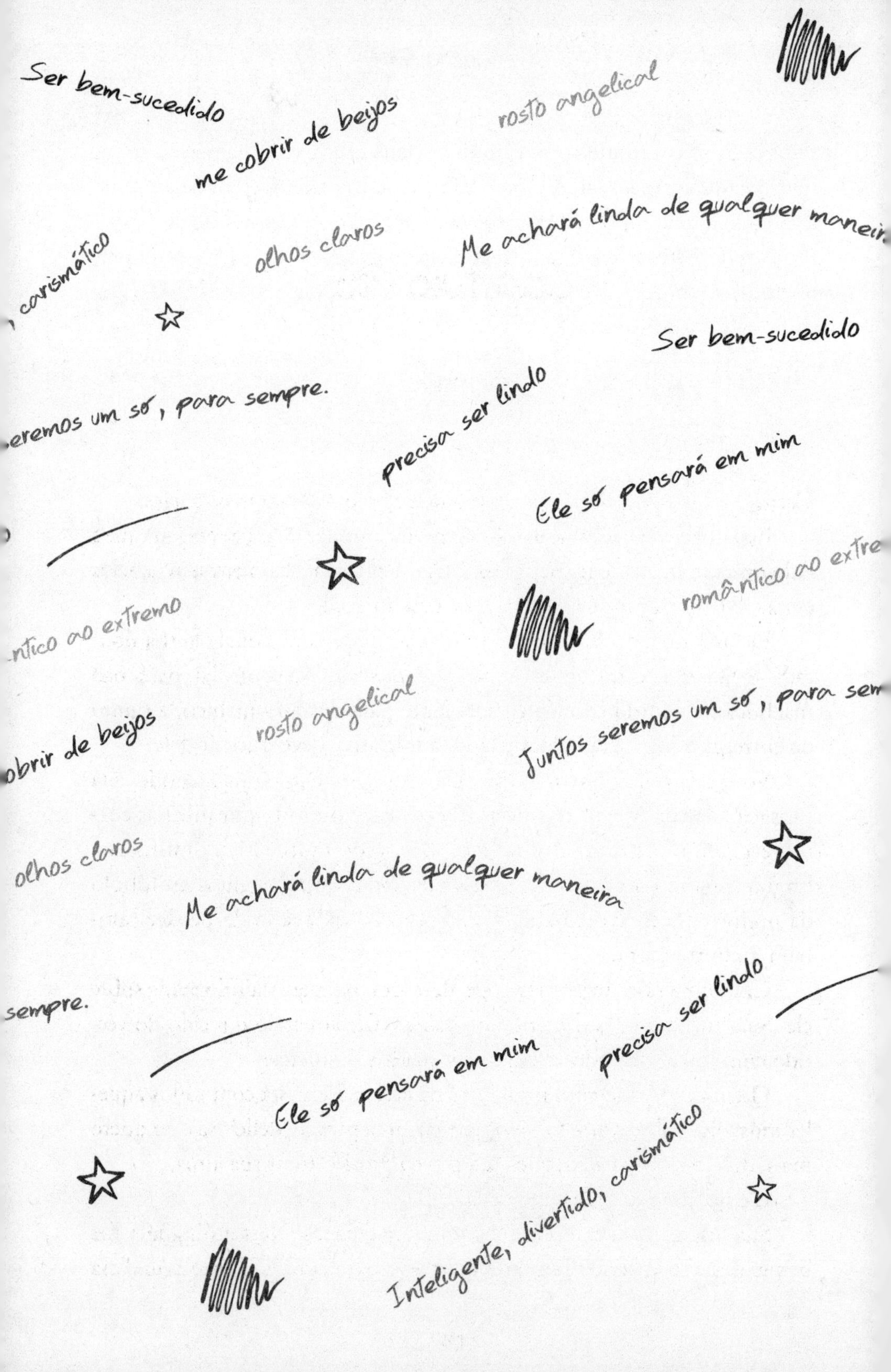
Ser bem-sucedido
rosto angelical
me cobrir de beijos
carismático
olhos claros
Me achará linda de qualquer maneira
Ser bem-sucedido
seremos um só, para sempre.
precisa ser lindo
Ele só pensará em mim
romântico ao extre
ntico ao extremo
rosto angelical
obrir de beijos
Juntos seremos um só, para sem
olhos claros
Me achará linda de qualquer maneira
sempre.
precisa ser lindo
Ele só pensará em mim
Inteligente, divertido, carismático

Capítulo 36

Certo, ele quer provocar? Então terá que aguentar as consequências.

Esse roçar de lábios acaba de despertar minha Deusa Selvagem, meu lado obscuro e altamente perigoso. Meus dedos se fecham em seus cabelos esvoaçantes, agarrando-os com uma fúria abrasadora.

Ele arfa quando finco os dentes em seu queixo, e aquela barba dourada é tão excitante, tão máscula que preciso me controlar para não machucá-lo. Mordo com força suficiente para deixá-lo maluco, a ponto de entregar o jogo. Não vou beijá-lo, a iniciativa deverá partir dele.

Vou escorregando os lábios por seu pescoço, umedecendo sua pulsação acelerada. Sinto suas mãos ansiosas subindo por minhas costas, erguendo meus cabelos no alto. Bernardo morde meu ombro, sua língua quente e úmida corre pelo meu pescoço, chegando ao lóbulo da orelha. Ele mordisca e eu perco o ar. Aliás, acabo de perder também a compostura.

Com uma rasteira precisa, jogo Bernardo na areia, caindo ávida sobre ele. Suas mãos cálidas descem com cobiça, friccionando o tecido do vestido com força, detendo-se em meus quadris inquietos.

Quando me dou conta, rolamos na areia e Ben está com todos aqueles músculos sobre mim. O peso dele faz uma pressão deliciosa e eu quero mais, desejo cada parte daquele corpo, eu preciso tocar sua alma.

Ele finalmente cede e me beija.

Sua língua é voraz e preenche todos os espaços. Nunca ninguém me beijou dessa forma, nenhum homem me atingiu com tanta precisão. Essa completude que estou sentindo, em que duas peças se encaixam perfeitamente, é a prova de que Deus pensou em tudo. É a certeza de que existe alguém para nós, de que não fomos criados para a solidão.

— Melina, eu amo você. Amo demais.

Não respondo com palavras, não ainda.

Mergulho em seu tórax peludo e incandescente, enquanto arranco sua camiseta. Ele se livra da peça e eu finco as unhas em sua bunda redonda, malhada, enrijecida. Seu corpo corresponde e se movimenta com desejo, pressionando-me mais e mais contra a areia.

Ofegante, consigo descer o zíper de sua bermuda. Com uma destreza extraordinária, Ben se livra de mais uma peça. Estou perdida naquela boca insaciável, que agora morde meu lábio de forma prazerosa, enquanto a calcinha sai de cena.

Opa, como isso aconteceu tão rápido?

Ouço o farfalhar das árvores mais ao longe. A brisa sopra mais forte, como se assim pudesse aplacar o fogo que nos consome. As ondas quebram em intervalos irregulares e eu começo a pensar como sobrevivi por dez anos longe dele. Está mais do que na hora de colocar em palavras o que sinto por Bernardo... Não que palavras consigam expressar os sentimentos avassaladores que me condenam pela eternidade.

— Eu quero você, Ben.

— Eu sou seu, sempre fui – ele balbucia e eu derreto.

Com o vestido erguido na altura dos quadris, deixo que ele entre de uma só vez. A força do seu amor reverbera por todo o meu corpo, me levando ao delírio. Seus movimentos são ansiosos, eu diria desesperados. Estou em êxtase, caminhando a passos rápidos para o nirvana.

— Não faz ideia do quanto me segurei... Não imagina o quanto eu quis você assim, só para mim – ele murmura, num tom estrangulado.

Ah, agora eu morro de vez.

Mas, antes de morrer e renascer, preciso fazer um parêntese nessa narrativa extasiante. Garanto ser de extrema importância.

Com exceção do Bernardo, sempre que me vi na cama com outros caras, precisava exercitar o meu cérebro, excitando-o com imagens de policiais bonitões, encanadores fortões, surfistas suados ou, no pior dos casos, o corpo de bombeiros em peso.

Atingir o clímax só acontecia com os olhos bem fechados e juro que, na maioria das vezes, era no Bernardo em quem eu pensava. Me lembrar dos momentos que passamos juntos era o suficiente para um orgasmo.

Com Ben é tão diferente... Tenho vontade de permanecer com os olhos abertos, talvez para ter certeza absoluta de que é ele mesmo quem está aqui, me elevando ao paraíso.

Sempre foi assim, desde a primeira vez. Não preciso de qualquer artifício ou imagens sacanas. O que nos envolve ultrapassa os limites mundanos. O amor comanda as reações corporais, e sua presença é o que basta para me levar aos céus.

Fecho o parêntese e arranho suas costas quando meu amor se torna insuportável. Eu o quero, mais do que qualquer coisa no universo. Ele é meu, feito especialmente para mim.

— Melina, case comigo – ele pede entre gemidos e eu enlouqueço.

Meu corpo se mexe e o dele também. Minhas unhas rasgam seus braços trêmulos e suados. Seu beijo é tão profundo, tão significativo, que de repente me sinto leve, como se estivesse flutuando.

Ben perde as forças e seu corpo se esparrama sobre o meu. Sem fôlego, eu o abraço, deixando as lágrimas queimarem meu rosto, morrendo na areia da praia. Retire tudo o que eu disse sobre deixar esse homem viver ao lado de outra mulher. Isso só acontecerá por cima do meu cadáver.

Ser bem-sucedido

me cobrir de beijos

rosto angelical

carismático

olhos claros

Me achará linda de qualquer maneira

Ser bem-sucedido

seremos um só, para sempre.

precisa ser lindo

Ele só pensará em mim

romântico ao extremo

ntico ao extremo

obrir de beijos

rosto angelical

Juntos seremos um só, para sem

olhos claros

Me achará linda de qualquer maneira

sempre.

precisa ser lindo

Ele só pensará em mim

Inteligente, divertido, carismático

me cobrir de beijos

Inteligente, divertido, carismático

rosto angelical

olhos claros

Me achará linda de qualquer maneira

Juntos seremos um só, para sempre.

precisa ser lindo

Ser bem-sucedido

romântico ao extremo

Ele só pensará em mim

Capítulo 37

Estou deitada sobre aquele peito musculoso e protetor. Nossas respirações são ritmadas, e Bernardo acaricia a aliança em meu dedo, mas ainda não disse nada a respeito.

Será que ouvi bem quando ele me pediu em casamento?

Noto que Ben não está com a sua aliança de noivado. Aliás, um sorriso se disfarça entre meus lábios franzidos quando percebo uma vermelhidão em torno de seu dedo anelar, uma reação alérgica a Samantha.

Toma essa, sua mimada!

— Ainda não respondeu ao meu pedido – ele murmura e beija meus cabelos.

— Eu amo você, Ben. Não consigo me imaginar em outro lugar que não seja ao seu lado. E essa aliança já não diz tudo?

— Quero ouvir você dizer.

— Eu aceito ser sua mulher, Bernardo de Lucca. – Ergo o tronco e beijo seus lábios. – Eu seria louca se não me casasse com você.

— Você é louca, Melina.

— Por você, Ben.

Completamente nus, seguimos para o mar. A água está fria e meus braços se arrepiam. Bernardo me puxa para mais perto e seu beijo me tira de órbita, lançando-me num turbilhão de sensações abrasadoras.

Enlaço minhas pernas em sua cintura. Nossos corpos ondulam no ritmo da maré e eu começo a recordar as inúmeras vezes em que fizemos amor nesta praia, sob as quatro fases da lua.

Os movimentos dos quadris de Ben, antes suaves, agora são rápidos e vigorosos. Ele finca os dentes no meu pescoço com força e eu estou novamente com aquela sensação de quase morte. Nos braços deste homem, eu quero morrer mil vezes por dia.

— Diga que é minha, só minha – ele sussurra no meu ouvido e eu quase tenho uma síncope.

— Eu sou sua, para sempre.

Deitados sobre a areia gelada, aninho a cabeça em seu braço, acariciando seu peito com as pontas dos dedos. Ninguém veio nos procurar, acredito que Guilherme e Espírito tenham resolvido o problema do sumiço de Bernardo.

Num ímpeto, monto sobre ele, prendendo suas mãos sobre a cabeça. Ben me encara, com um sorriso malicioso e divertido nos lábios ainda inchados. Eu preciso saber, quero ouvir ele dizer que me perdoa.

— Você está insaciável, Mel. Não vou dar conta.

— Ben, preciso escutar que me perdoou.

Seu semblante muda de repente. Uma sombra transpassa entre nós e sinto aquele aperto no peito. Solto suas mãos, que se elevam de imediato, segurando meu rosto bem firme.

— Eu perdoei você dias depois.

— Eu sei, mas quero que diga isso com todas as letras.

— Está perdoada, Melina. Só não me peça para esquecer, porque isso é impossível. Mas posso conviver com a lembrança, afinal você era desequilibrada e o Guilherme, um tremendo galinha.

— Eu era? – Deixo um sorriso cético escapar.

— Você continua louca, mas definitivamente não é mais uma desequilibrada. – Ele ergue o tronco e eu me ajeito sobre seu colo. – Eu amo cada parte de quem você é, incluindo todos os seus defeitos. Veja bem, a lista é longa.

Seguro a gargalhada que está doida para sair. Com o dorso da mão, ele alisa meu rosto, descendo os polegares até meu queixo. Seu olhar mergulha dentro do meu e nós ficamos ali, fitando nossas almas por tempo indeterminado.

O sol desponta no horizonte.

Cochilei nos braços de Bernardo, embalada pelas batidas ritmadas do seu coração. Juras de amor foram feitas durante toda a madrugada, mas em nenhum momento tratamos do assunto principal: Samantha.

Quando meus olhos se abrem, preguiçosos, sinto uma angústia em resolver o problema, em tirar aquela mimada da vida de Bernardo de uma vez por todas. Não sinto piedade, não mais. Se a situação fosse inversa, ela não pouparia esforços para me ferrar.

Eu até gostaria de ser magnânima e benevolente, mas não dá. Esta sou eu, despida de qualquer divindade. Só quero o que é meu, não estou roubando nada, apesar dos pesares.

Ben se remexe quando lhe dou um beijo no canto dos lábios. Ele sorri e então seus olhos se abrem, tão brilhantes e vívidos como há muito tempo eu não via. Sua felicidade transborda, iluminando-o de maneira sobre-humana. Noto no reflexo de suas pupilas que estampo a mesma feição extasiada.

— Diga que não é um sonho – ele murmura.

— Não sou um sonho. Estou mais para um pesadelo sexy – divirto-me e arranco um sorriso lindo do meu homem perfeito.

— Eu amo você, Melina.

— Eu amo você, Bernardo.

Voltamos ao lugar do luau, abraçados.

Bernardo não quer esconder o fato de estarmos juntos, afinal a maioria dessas pessoas conhece a nossa história. Muitos deles, inclusive, torciam silenciosamente que meu retorno pudesse colocar fim a um casamento fadado ao fracasso. Pelo menos foi isso o que Ben me contou.

Vejo pessoas espalhadas pela areia da praia e sobre esteiras, ainda adormecidas. A equipe contratada por Guilherme retira as últimas mesas e cadeiras, enquanto duas mulheres recolhem o lixo.

Nauane e Gui caminham em nossa direção, sorridentes. Numa timidez que não sei de onde surge, afundo o rosto no peito de Bernardo. Ele acaricia meus cabelos e eu sinto seus lábios quentes em minha testa.

— Nem sei o que dizer – Guilherme começa.

— Não diga nada, sou eu que preciso agradecer – Bernardo diz e eu sinto vontade de chorar.

— O que vai fazer agora, Ben? – ele questiona e meus olhos buscam os sonolentos de Nauane.

Escuto Ben engolir ruidosamente. Sua feição muda e o sorriso fácil se desfaz. Ele respira fundo e olha bem dentro dos meus olhos, antes de responder:

— Vou resolver isso agora. – Seu tom é seguro, determinado.

— Ben... – Ele me corta antes que eu diga qualquer coisa.

— E vou sozinho, Melina.

Merda!

Nem imagino qual será a reação da engomada. Talvez ela se descabele, quem sabe o ameace, o amaldiçoe… Realmente não sei o que esperar. Só quero que Samantha aceite o fato e nos deixe em paz.

— Não posso subir para Paraty agora, preciso ficar e ajeitar as coisas por aqui – Guilherme explica e lança um olhar tedioso para a bagunça do luau.

— Nanie e eu podemos ficar para ajudar – ofereço e fito Bernardo, demoradamente. – Precisa mesmo resolver isso agora? – questiono, um tanto aflita.

— Samantha vai entender. – Ele acaricia meu rosto e eu tomo sua mão, sentindo uma dor no peito difícil de explicar.

— Não vá – peço, quase suplicante.

— Eu preciso. – Seu tom é decidido. – Vai ficar tudo bem, não se preocupe.

Ele me beija e eu me atrelo ao seu pescoço, não querendo soltá-lo de jeito algum. Minha voz interna diz que há perigo à espreita, que todo o cuidado é pouco. O mais interessante é ver o meu ego vestindo quimono e uma faixa preta na cintura. Ele quer briga, mas desta vez não sou o seu alvo.

— Encontro você na pousada, ao meio-dia. – Bernardo faz uma tremenda força para soltar minhas mãos de seu pescoço. – Mel, fique tranquila.

— E se ela ficar agressiva? E se… e se…?

— Nada vai acontecer, eu prometo. – Ele me beija mais uma vez e toma o rumo do estacionamento, andando de costas, não desviando o olhar do meu. – Meio-dia em ponto, combinado?

— Por favor, tome cuidado – peço e de repente tenho uma sensação estranha, como se meu medo de ser abandonada ressurgisse do além.

— O Ben sabe se cuidar. – Guilherme passa o braço sobre meus ombros. – Essa conversa precisa ser a dois, você sabe.

— Vamos terminar logo com isso, quero voltar para Paraty o mais rápido possível.

Ser bem-sucedido

me cobrir de beijos

rosto angelical

carismático

olhos claros

Me achará linda de qualquer maneira

Ser bem-sucedido

seremos um só, para sempre.

precisa ser lindo

Ele só pensará em mim

romântico ao extremo

ntico ao extremo

obrir de beijos

rosto angelical

Juntos seremos um só, para sem

olhos claros

Me achará linda de qualquer maneira

sempre.

precisa ser lindo

Ele só pensará em mim

Inteligente, divertido, carismático

me cobrir de beijos

Inteligente, divertido, carismático

rosto angelical

olhos claros

Me achará linda de qualquer maneira

Juntos seremos um só, para sempre.

precisa ser lindo

Capítulo 38

Ser bem-sucedido

romântico ao extremo

Ele só pensará em mim

Estou angustiada na volta para Paraty.

Enchi tanto o saco da Nanie que ela concordou em me levar de volta para a pousada. Passa das onze da manhã e Guilherme ficou em Trindade, para resolver as últimas pendências com a equipe contratada para o luau.

Nauane parou de perguntar sobre minha noite com Bernardo quando percebeu que minhas respostas eram meros monossílabos. Uma tensão pressiona o meu peito e eu pressinto que algo de muito ruim está para acontecer.

— Melina, precisa se acalmar – ela explode. – Você aceitou se casar com o homem da sua vida, aquele que descreveu como o cara perfeito. Pelo amor de Deus!

— Nanie, ela não vai deixar barato. – Meu corpo estremece.

— O que a baranga pode fazer? – ela indaga, alguns decibéis acima do normal. – Não detone com a sua felicidade dessa maneira. A vadia não fará nada, não há o que ser feito contra o amor de vocês. Se ela for inteligente como você diz, vai sacar isso.

— Você não entende... – choramingo.

— Pare de drama.

Entramos em Paraty.

Sabe quando você está doida para fazer xixi e o banheiro se aproxima? Então, é exatamente assim que me sinto quando chegamos à pousada. Estou prestes a explodir.

Não espero Nanie estacionar o carro. Abro a porta e me jogo para fora, correndo feito uma destrambelhada. Entro em casa como um furacão, procurando meu celular. Onde está?

Encontro-o carregando sobre a mesa de cabeceira. Checo a bateria e está cheia. Arranco o plugue e verifico as mensagens. Spam, spam, spam... droga, não há nada do Bernardo!

— Quer morrer é só avisar. Eu poderia tê-la atirado do precipício na estrada para cá – Nanie esbraveja.

— Não há nenhuma mensagem dele – digo, em pânico.

— Melina, essa será uma conversa longa. O que esperava?

— Nanie, juro que estou com um pressentimento horrível. E se ela o sequestrar? E se o prender num porão fétido para usá-lo como escravo sexual? Cara, eu preciso saber o que está havendo!

— Cale a boca – Nauane estressa. – Vamos comer alguma coisa que estou varada de fome. E fique longe da cafeína hoje, você está uma pilha – ela aconselha, puxando-me pelo braço.

Meus avós se juntam a nós no jardim, doidos para que eu conte o que aconteceu no luau. Espírito adiantou apenas sobre o nosso sumiço no meio da noite, mas, como ele subiu para Paraty mais cedo, ainda não sabe dos detalhes tórridos.

É Nauane quem entrega o serviço completo. Estou ocupada demais com um pedaço de bolo e pensamentos escabrosos que refletem meu desespero. Checo o celular a cada cinco segundos, e, quando chega um novo spam, xingo num rosnado.

Faltam dez minutos para o meio-dia.

Minha avó solta um grito escandaloso quando Nauane conta que fui pedida em casamento. Meu avô comemora, efusivo, e seus óculos caem no gramado. Sou puxada para abraços apertados e tapas nas costas. Não consigo sorrir, minha preocupação sobrepuja a alegria.

Espírito aproxima-se a passos rápidos e pesados. Seus olhos estão arregalados e ele sustenta uma expressão aflita. Minha garganta se fecha e eu me sinto atirada num vulcão em erupção.

Despistando Nauane e meus avós, ele me puxa de lado, longe o suficiente de ouvidos curiosos. Fixa aquele olhar claríssimo e estrangulado no meu rosto, suando em bicas.

— O que foi? Sabe alguma coisa do Bernardo?

— Não, o que houve? – Ele parece confuso.

— Se não sabe de nada, por que então está com essa cara de pânico? – indago, agoniada.

— Eu tive uma visão na cozinha, um troço muito estranho.

— O que foi? – Estremeço.

— Vi uma tesoura grande, dessas de costureira. Havia um vestido de noiva salpicado de sangue, Melina.

Boquiaberta, congelo. O ar se perde e a claridade do dia começa a sumir bem diante dos meus olhos atônitos. O corpo fraqueja e Espírito me ampara, perguntando onde Bernardo está.

— Ele foi conversar com a mimada para terminar o noivado – revelo, engasgando nas palavras. – Você acha que ela seria capaz? Acredita que... Acha que ela... meu Deus, temos que encontrá-lo! – Finco as unhas nos ombros de Espírito, desesperada.

— O quê? – Ele me encara, incerto. – Acha que a Samantha pode surtar? Atacar o Ben? – Ele sacode a cabeça, preocupado. – Ela não faria isso, nem pense numa coisas dessas.

— Algo me diz que ela vai enlouquecer. Estou com uma sensação horrível na boca do estômago, sinto uma baita pressão no peito.

— Onde ele está, Mel?

— Eu não faço ideia.

Espírito puxa o celular do bolso, fazendo a ligação. Ele coloca no viva-voz e minha tensão cresce a cada bipe. Caixa postal.

— Droga. – Ele tenta novamente e o resultado é o mesmo.

— Espírito, precisamos fazer alguma coisa.

Vejo meus pais surgindo pelo estacionamento, de mãos dadas, rindo de algo que parece ser engraçado. Meus olhos correm até meus avós e Nauane continua narrando o luau, sei disso porque minha avó parece extasiada com a história.

— Vamos sair por aí. Alguém deve saber onde Bernardo se enfiou com aquela, aquela, aquela...

— Aquela ex-noiva que não vai surtar. – ele completa e toma minha mão. – Vamos logo e não pare para dar explicações a ninguém.

Caminhamos com urgência e, quando percebo, estamos trotando a caminho da recepção da pousada. Ouço a voz do meu pai e de Nauane às minhas costas, mas finjo que não escutei.

Quando alcançamos a piscina, o impossível acontece. Samantha aparece do nada, vestida de noiva, com os cabelos desgrenhados e a maquiagem toda borrada. Seus olhos me cercam, num ódio que lateja em seu pescoço e têmporas.

Ela está com cara de quem vai matar alguém.

me cobrir de beijos

Inteligente, divertido, carismático

olhos claros

rosto angelical

Me achará linda de qualquer maneira

Juntos seremos um só, para sempre.

precisa ser lindo

Capítulo 39

Ser bem-sucedido

romântico ao extremo

Ele só pensará em mim

Vejo gotículas de sangue maculando aquele vestido branco. Constato, estarrecida, que a visão de Espírito foi uma premonição real. Milhões de possibilidades alarmantes gritam em meu cérebro. Se ela o feriu, eu juro que mato a vadia com requintes de crueldade.

— O que você fez? – solto um grunhido feroz.

— Largue a tesoura, Samantha. – Ouço a voz de Espírito ao meu lado. Meus olhos vasculham nervosamente as mãos dela e encontram uma tesoura grande, metálica, com resquícios de sangue fresco escorrendo entre os dedos.

Ah, Deus, será que ela teve coragem?

— Acha que eu o mataria? – ela desdenha, com um sorriso sádico nos lábios.

— Onde ele está? – atiro a pergunta, enquanto uma aglomeração se forma ao nosso redor. Meu avô se aproxima e pede calma. – Onde está o Bernardo? O que fez com ele? – grito, enlouquecida.

— Não vai ficar com ele – ela ri e seus olhos se estreitam, malignos. Avança e Espírito se mete entre nós.

— Solte a tesoura e vamos conversar como pessoas civilizadas. – Ele estende a mão e Samantha balança a cabeça, em negativa.

— Saia da minha frente. Meu assunto não é com você – ela rosna e Espírito parte para cima, mas não chega a tocá-la.

Com uma destreza que me impressiona, ela rasga o braço do meu amigo, cortando o ar lateralmente. E então, com um chute na altura do estômago, o tira de cena.

Antes que eu possa pensar no que fazer, Samantha avança sobre mim e ouço gritos vindos de todos os lugares. Um em especial chama a minha atenção e eu procuro por Bernardo entre os rostos.

Seu ombro está ferido, sangrando. Ele pressiona o local com a mão e caminha um tanto trôpego. Está branco como cera, o olhar vidrado em nossa direção. Ele grita algo e cambaleia, caindo de joelhos no gramado.

Vejo meus pais correndo em meu auxílio. Seguro a mão de Samantha no alto, mas não esperava pela joelhada nas costelas. A dor é aguda e eu me contraio, soltando sua mão. Nesses milissegundos preciosos, ela apunhala meu peito.

Sinto a carne rasgando quando a tesoura penetra. Um gosto ferroso de sangue sobe pela garganta e meu coração está prestes a sair pela boca. Ainda estou de pé quando Samantha arranca o objeto metálico da minha carne, segurando-o como se fosse um punhal. Prepara um novo ataque e, antes que leve a cabo seu desejo assassino, minha mãe se atira sobre ela e a tesoura voa longe.

A mulher está possuída, mas minha mãe não deixa barato. Acerta dois socos naquele rosto transfigurado, um de direita e outro de esquerda. Assisto, apática, quando Samantha é levada a nocaute.

Só escuto ruídos e zumbidos. O cenário está borrado em preto e branco, a não ser pela imagem colorida de Bernardo. Minhas pernas bambeiam e eu faço uma força sobre-humana para permanecer de pé. Só me deixo tombar quando sinto seus braços seguros e acolhedores em volta de mim.

As imagens são picotadas. Escuridão e claridade, escuridão e claridade. Meu pai rasga o meu vestido e pressiona o ferimento com sua camisa polo branquinha. Bernardo mede minha pulsação e sussurra em meu ouvido, aos gemidos:

— Não me deixe, você prometeu.

Minha consciência vem e vai, sem controle. Não faço ideia do tamanho do estrago causado por Samantha. A dor é ínfima perante a visão transtornada de Bernardo, dos meus amigos, da minha família.

Estou nos braços do meu velho e ele corre desenfreado para o estacionamento. Olho por sobre seu ombro e vejo Bernardo logo atrás, sendo amparado por Nauane. Ouço sirenes da polícia se aproximando e jogo uma maldição silenciosa naquela desgraçada da Samantha: "Que você apodreça na cadeia".

Nesse momento, a mente desliga e meus olhos se fecham.

Ser bem-sucedido

me cobrir de beijos

rosto angelical

, carismático

olhos claros

Me achará linda de qualquer maneira

Ser bem-sucedido

eremos um só, para sempre.

precisa ser lindo

Ele só pensará em mim

romântico ao extre

ntico ao extremo

obrir de beijos

rosto angelical

Juntos seremos um só, para sem

olhos claros

Me achará linda de qualquer maneira

sempre.

precisa ser lindo

Ele só pensará em mim

Inteligente, divertido, carismático

me cobrir de beijos

Inteligente, divertido, carismático

rosto angelical

olhos claros

Me achará linda de qualquer maneira

Juntos seremos um só, para sempre.

precisa ser lindo

Capítulo 40

Ser bem-sucedido

romântico ao extremo

Ele só pensará em mim

Duas semanas se passaram e minha bunda está quadrada, não aguento mais ficar deitada nesta cama de hospital. Pelo janelão, noto que ainda é noite. Remexo-me, dolorida. Giro a cabeça e encontro a imagem do homem perfeito cochilando na poltrona ao meu lado. Seu lindo!

Devo ter sorrido em voz alta, porque Bernardo acorda no susto e se levanta de supetão. Meio segundo depois, está sentado na beirada da cama, alisando meus cabelos para trás, dando um beijo suave em minha testa.

— O que foi? Está sentindo alguma coisa?

— Estou de saco cheio de ficar aqui – choramingo.

— Seu pai disse que amanhã receberá alta. Então, pare de drama e durma um pouco mais. – Droga, ele está falando como a Nauane.

Bernardo checa os inúmeros medicamentos presos em saquinhos transparentes. Meus braços estão cheios de furos e marcas roxas. Não morri por milímetros, segundo meu velho. A sorte estava do meu lado naquele dia, apesar de o ferimento ter sido um tanto grave e profundo.

Ficarei com uma cicatriz horrível entre os seios. Dezoito pontos externos, fora os internos. Bernardo disse que essa é minha marca de guerra, que a beijará todas as noites, só para me lembrar de que ele me ama incondicionalmente.

Eu beijarei sua marca de guerra também. Doze pontos externos no ombro esquerdo. Quando penso no que poderia ter acontecido, estremeço de ódio. Mas a Samantha está sendo mantida na cadeia e, segundo consta, surtou de vez.

Os advogados dela não conseguiram o *habeas corpus*, e só por esse motivo me sinto em segurança. Acho que o final da Samantha não será outro: ela ficará trancafiada por tempo indeterminado em alguma instituição psiquiátrica. De acordo com os primeiros laudos médicos, a louca sofre de transtornos com nomes esquisitos, que só minha mãe entende.

Mudo o rumo dos pensamentos quando Bernardo se deita ao meu lado. Inspiro aquele pescoço cheiroso, com aroma de orvalho. Ben acaba de suspirar, pedindo que eu pare de provocar. Sério mesmo que ele está excitado, comigo nesse estado lastimável?

— Nunca pensou em me procurar? – questiono, sonolenta.

— Milhares de vezes – ele revela. – E você?

— Perdi a conta. – digo, entre bocejos. – Por que fomos tão otários e orgulhosos? Sei que sou a única culpada aqui, mas um de nós deveria ter feito alguma coisa.

— Já passou, Mel. Agora durma, porque quero você inteira amanhã.

— Hum, isso parece bom – ronrono, maliciosa.

— E tire a mão daí ou não respondo por mim.

— Isso também parece bom.

— Melina!

— Ok, parei.

Finalmente estou deixando o hospital para trás.

Hoje é sábado e Bernardo está cheio de segredinhos, nem imagino o que esperar quando chegar à pousada. Desato o cinto de segurança e deito a cabeça em seu ombro, aconchegando minha mão em local proibido para qualquer outra mulher.

Ofegante, ele acaricia o dorso da minha mão com as pontas dos dedos, detendo-se sobre a aliança de compromisso, que, aliás, também está usando no anelar direito. Não há sinais daquela alergia e eu estou sorrindo por dentro.

— Meus pais ligaram. Virão para o nosso casamento.

— Jura? Vão se abalar lá da Austrália? – Levanto a cabeça para fitá-lo.

— Só você consegue proezas como essa. Eles te adoram e ficaram enlouquecidos quando contei as novidades.

— Falou sobre o restante? As marcas de guerra? – questiono.

— Não há necessidade de preocupá-los.

Bernardo estaciona a Pajero e eu não vejo movimento na pousada. Passa das dez da manhã e ninguém, com exceção do Ben, apareceu no hospital hoje. Isso está me cheirando a algo que obviamente me fará chorar.

Ele enlaça minha cintura e eu faço o mesmo. Abraçados, caminhamos preguiçosamente pelo estacionamento, passando pela piscina, que me causa calafrios, vencendo o jardim central, até entrarmos no gazebo.

Finjo surpresa, mas não. Tanto que as lágrimas já vertiam ainda no jardim, mesmo sem saber o que haviam aprontado para a minha chegada. Caramba, tem gente saindo pelo ladrão por aqui.

Rostos conhecidos, amigos de longa data, minha família reunida. Cara, o que mais eu quero da minha vida? Há tanto amor nesse gazebo, tanta felicidade, que não estou cabendo em mim.

Cumprimento um por um, despendendo tempo suficiente para todos. Recebo as boas-vindas com um sorriso impresso no rosto, uma expressão que será minha marca registrada a partir de agora.

Feliz com tudo aquilo, sento-me à mesa com Nauane e Guilherme. Esses dois trocam carícias e olhares apaixonados o tempo todo, é tão lindo de ver. Bernardo senta-se ao meu lado, trazendo bolo de cenoura com cobertura de chocolate que só minha avó é capaz de fazer.

Faço menção de usar o garfo, mas ele não permite. De uma forma extremamente sensual, pinça um pedaço com os dedos e leva até a minha boca. É óbvio que eu quero gargalhar, mas me seguro.

Quando o bolo já está na minha boca, fecho os lábios em torno dos seus dedos, lambendo a seguir. Boquiaberto, ele ofega e eu engasgo, entre risos.

— E então, já marcaram a data? – Nanie pergunta, deitando a cabeça no ombro de Guilherme.

— Ainda não.

— E o local? – Gui questiona.

— Na praia, é lógico. Precisa ser em Trindade. Acha que a prefeitura fecha um local para nós? – indago.

— Consigo isso para vocês. – Guilherme dá um beijo nos cabelos de Nauane e eu me derreto com a cena.

— E a lua de mel? Pensam em viajar? – Nanie me encara e o que eu noto é uma alegria incontida. Nunca vi minha amiga tão feliz assim antes.

— Se quiserem velejar, tenho um veleiro zerado que ganhei no pôquer – Guilherme confessa, entre sorrisos vitoriosos.

— Ganhou um veleiro jogando pôquer? – Bernardo se sobressalta. – Seu sortudo filho da mãe.

— Velejar é muito romântico. – Olho para o Ben e ele concorda. – Poderíamos passar uns dias em Angra ou Ilhabela – sugiro.

— Qualquer lugar com você está perfeito – ele diz e eu solto um suspiro apaixonado no ar.

— Mel, posso falar com você? – Nanie dá um beijo em Guilherme e se levanta.

— Claro. – Colo meus lábios nos de Bernardo e mordisco de leve, só para provocar. Ele me encara com desejo e, um tanto contrariado, acaba deixando que eu vá.

Passamos pela piscina e eu me encolho, abraçando-me. Nanie percebe meu desconforto e passa o braço sobre meus ombros, puxando-me para mais perto. Continuamos caminhando até um banco de madeira mais ao longe, debaixo de um coqueiro gigantesco, rodeado de margaridas.

— Estou de mudança para Paraty – ela conta e me pega desprevenida.

— Está brincando! Jura?

— Já liguei para o Roger e pedi demissão. Só preciso ir até São Paulo para acertar a entrega do apê e preparar a mudança.

— Ah, Nanie, que notícia incrível. – Tomo suas mãos, beijando-as. – Cara, podemos abrir uma agência, algo diferenciado. E você pode ficar com o meu quarto pelo tempo que quiser – ofereço, eufórica.

— Não vou precisar do seu quarto – ela revela e abaixa os olhos, com um sorriso secreto nos lábios.

— Certo, conte tudo.

— Vou morar com o Guilherme. Pronto, falei.

Ai. Meu. Deus.

— Sei que vai dizer que está tudo acontecendo rápido demais e tal, mas eu estou perdidamente apaixonada e a recíproca me parece verdadeira, Mel. Conheço o tipo, sei que galinhas não têm salvação, mas há algo diferente nele, não sei explicar. Quando disse que estávamos pensando em abrir uma agência por aqui, ele nem pensou para fazer o convite, foi logo falando: "Venha morar comigo". – Ela muda o tom da voz teatralmente para encenar o Guilherme.

— Nanie… – Ela não me deixa falar.

— Melina, acompanhei todos os seus casos amorosos toscos, fui contra a sua relação com o Roger, detonei com você quando se envolveu com aquele idiota da academia. Mas, sério, o Guilherme não é como eles.

— Nanie... – Novamente ela me corta.

— Sei que posso estar pagando a droga da minha língua, que, se esse relacionamento não der certo, você vai dizer "eu avisei". – A imitação dela da minha pessoa não é das melhores. – Sabe, estou a fim de arriscar para ver no que vai dar. Pode parecer loucura, mas estou com a nítida impressão de que serei feliz ao lado dele.

— Nanie... – Ela faz menção de continuar a se defender e eu estresso. – Porra, me escute!

— Tá, fale. – Ela recua e eu tenho vontade de rir.

— Nanie, não vou julgá-la. Para falar a verdade, eu dou a maior força.

— Sério? Nem uma liçãozinha de moral? – Ela une as sobrancelhas, incrédula.

— Nadinha. Só precisa me prometer uma coisa.

— O que é? – Ela aguarda, ansiosa.

— Seja muito feliz.

Ah, essa frase foi o que bastou para estas duas loucas aqui abrirem o bocão e começarem a chorar. Abraçadas com toda a força possível, fazemos juras de amor e amizade eternas. Só me dou conta de que não estamos mais sozinhas quando escuto alguém pigarrear.

Bernardo e Guilherme se entreolham, interrogativos. Enxugo as lágrimas, que escorrem sem controle, e Nauane funga ao meu lado. Nesse instante, tenho a sensação sublime de que a felicidade plena existe e pode acontecer para qualquer um de nós.

me cobrir de beijos
Inteligente, divertido, carismático
rosto angelical
olhos claros
Me achará linda de qualquer maneira
Juntos seremos um só, para sempre.
precisa ser lindo
Ser bem-sucedido
romântico ao extremo
Ele só pensará em mim

Capítulo 41

Cinco anos se passaram.

Hoje recebemos uma carta de um hospital psiquiátrico no Rio de Janeiro. Demorei horas para criar coragem e ler o conteúdo, com medo do que iria encontrar. Pensei que se tratasse de algum tipo de ameaça, mas não. Era um pedido de desculpas e parecia sincero. O papel timbrado e pautado do hospital dizia:

"Bernardo e Melina,

Demorei anos para ter coragem de escrever esta carta. Não há um dia que passe sem que eu lamente pelos meus atos. Não há desculpas, nem palavras que possam amenizar a minha culpa.

Espero que estejam felizes, casados, com filhos. Desde a infância, eu sempre soube que vocês haviam sido feitos um para o outro e absolutamente nada poderia mudar esse fato.

Talvez um dia eu saia daqui, e, quando isso acontecer, não devem temer. Superei meus traumas, ressentimentos e frustrações. Sou uma nova pessoa e torço para que um dia me perdoem. Seria uma libertação para mim.

Felicidades,

Samantha Bragança".

É fim de tarde e Bernardo está com a cabeça aninhada em meu colo. Acaricio seus cachos dourados, namorando aquele rosto angelical com a barba estrategicamente por fazer.

A praia está tranquila, quase deserta. Um casal passeia à beira-mar e um grupo de garotos joga futebol ao longe. Os bares começam a fechar e o sol está dando um espetáculo em tons avermelhados.

— Acha que devemos responder a carta? – Bernardo interpela.

— Não sei. – Dou de ombros. – Eu já perdoei, e você?

— Também.

— Então escreva algo sucinto – sugiro.

— Por que eu? A criativa aqui é você.

— Está tirando o corpo fora na maior cara dura, doutor?

— Quer brigar, Melina? – Ele faz cara de matador e eu derreto.

— Hum, não é má ideia. – Umedeço os lábios de forma sensual. – Adoro uma reconciliação.

— Não me provoque desse jeito – ele murmura e ajeita uma mecha do meu cabelo atrás da orelha. Mesmo após cinco anos de casados, continuo me arrepiando ao seu toque.

A vida não poderia ser melhor. Tanto é verdade que meu lado drama sumiu por completo. Certo, confesso: de vez em quando eu até gosto de um drama, só para dar uma agitada nas coisas.

Nauane e eu montamos a tão sonhada agência de propaganda, e, como *mamys* havia previsto, a maioria das contas da cidade faz parte do nosso portfólio de clientes.

Meus pais estão morando juntos há três anos. Minha mãe se mudou para cá e tem um consultório de terapia holística ao lado da agência. É um entra e sai de malucos que chega a dar medo.

Meus avós continuam firmes, fortes e lúcidos à frente da Pousada das Margaridas. Vivem como se fossem imortais, e eu adoro pensar que estarão ao meu lado para sempre.

Espírito está morando com aquele carinha dos cabelos compridos, o que conheceu no boteco Nas Costas do Padre. Falam em adotar um filho e eu acho a ideia excelente.

Vejo Nauane, Guilherme e a pequena herdeira Sara bem distantes. Caminham, sem compromisso, pelas areias fofas e ainda quentes após um dia de sol escaldante.

O barrigão de oito meses não passa despercebido. Ela está tão radiante que chego a ficar emocionada com a cena. Cauã será muito bem-vindo. Minha afilhada estava mesmo precisando de um irmãozinho.

— A Nanie está linda com esse barrigão – comento.

— Mulheres grávidas são lindas, tanto que chegam a brilhar.

— Nesse caso, doutor, acho melhor deixar seus óculos de sol no jeito.

Ele ergue o tronco, num sobressalto. Seus olhos verdes translúcidos se atiram dentro dos meus, buscando compreender o que acabei de dizer. Bernardo fica ofegante de repente e eu me seguro para não rir.

— Melina, o que está querendo dizer?

— Cansei da vida boa, preciso de algum drama.

— Você... você... você... – ele gagueja e eu me mantenho séria. – Melina, não brinque com isso.

Nesse momento já não consigo me segurar. Deixo um sorriso escapar e elevo minhas mãos, acariciando sua barba dourada, beijando seus lábios trêmulos, descendo pelo pescoço pulsante, aproximando-me de seu ouvido.

— Oito semanas, Ben – sussurro e enlaço seu pescoço.

Bernardo não esboça reação. Aliás, acho que parou de respirar. Droga, será que a notícia o deixou em choque?

Recuo e o encaro. Ele está boquiaberto e parece assustado. Será que eu tinha que ter contado de outra maneira? A Nanie disse que eu deveria prepará-lo antes da notícia. Afinal, como ela bem lembrou, o Guilherme ficou tão chocado com a primeira gravidez que acabou tropeçando na corda da âncora e caindo do barco.

— Ben, você está aí? – Estalo os dedos na altura de seus olhos.

Bernardo acorda do transe. Suas mãos ansiosas tomam meu rosto de assalto enquanto ele vasculha minhas reações, de maneira aflita. É como se estivesse buscando uma confirmação, não sei o que pensar.

— Eu vou ser pai? Vai me dar um filho, Mel? – Nesse ponto, seus olhos estão marejados e eu fico toda sentimental.

— Sei que esse é o grande sonho da sua vida, Ben. Não topei antes porque queria recuperar o tempo perdido. – Faço uma pausa curta. – Eu realmente precisei ter você só para mim nesses cinco anos, mas está mais do que na hora de iniciarmos uma família, de nos preocuparmos com alguém além de nós mesmos. Finalmente me sinto preparada para ser mãe.

— Você faz ideia do presente que acaba de me dar?

— Na verdade, tem mais uma coisinha que preciso contar – hesito.

— O que é? Algum problema com a gravidez? – Ele sacode meus ombros. – Melina, fale logo.

— Esse presente virá em dose dupla.

Droga!

É sério mesmo que ele acaba de desmaiar?

— Ben, fale comigo. Bernardo, acorda!

Pelo visto, o drama não vai ter fim.